一　笑わない女

1

春のあたたかな風が足元をなでていく。そのあまりの柔らかさに、七尾茜《ななおあかね》はふ、と口元に笑みを浮かべた。

木々の枝先で風に揺れる若葉の、黄緑色の瑞々《みずみず》しさは、長い冬を経《へ》てたしかに生き物の目覚める季節が来たのだと告げていた。

ぼんやり空を見上げながら歩いていると、腰ほどまである大きなスーツケースが、がっと何かに引っかかった感触がした。見下ろすと、灰色のキャスターが伸び始めた下草をがっちりと巻き込んでいる。

ちぎれた草から、青いにおいがした。

「あーあ……」

やってしまった。石畳と下草だらけの道なのに、いけるかな、とキャスターを転がしたのがまずかったのだ。

自分の無精さに苦笑して、茜はスーツケースの取っ手を両手でつかんだ。

「よい、しょ」

中身が詰まったスーツケースはずしりと重い。数歩で一度諦《あきら》めてふたたび空を仰ぐ。

薄雲にけぶった空の色は、和紙を透かしたような淡い青。

前髪を揺らす風のにおいに春が織り込まれている。ほろりと花を開き始めている桜、庭の端で満開になっている桃の花、下草が踏みしだかれる青いにおい。

胸いっぱいに吸い込んで、体の隅々までが春に満ちていく。

「――久しぶりやろ、この庭も」

柔らかな京都《きようと》の言葉が聞こえた。それだけでじわりと胸がいっぱいになる。

すらりと高い身長に、つややかな黒髪が今は肩ほどまで伸びて、緩《ゆる》く一つにくくられている。眠たげな瞼《まぶた》の奥で、黒曜石に似た漆黒《しつこく》の瞳がのぞいていた。

久我青藍《くがせいらん》は日本画の絵師だ。そして茜の帰ってきたこの邸《やしき》の家主《やぬし》だった。

「ああ……髪、切ったんか」

「はい。あっちに着いてからすぐ」

今の茜は、耳の下をぎりぎりかすめるようなショートカットだ。

去年、ここを発《た》つ前に冒険する気持ちでピアス穴をあけた。今はマーケットで手に入れた小さな石のピアスを通している。それが映《は》えるから、茜はこの髪型が気に入っていた。

去年の夏のはじめにこの国を旅立ってから、十カ月と少し。

茜は今年、二十二歳になる。

「よう似合《にお》てる」

いつも無表情に近い青藍の、薄い唇がわずかにつり上がっている。それが不器用なこの人の笑顔だったと思い出して、とたんに胸が締めつけられるような懐《なつ》かしさを覚えた。

風が吹く。

春のにおいの中にかすかに混じるそれをとらえて、茜は唇を結んでうつむいた。

絵具のにおいだ。

一瞬で、すべてが通り過ぎていく。

膠《にかわ》と絵具を混ぜ溶かす長い指先、すべてを描き出そうと自由に跳ね回る筆先、絵の世界に耽溺《たんでき》するように見開かれたその黒曜石の瞳に、綺羅《きら》と星が散るさま。

そうして顔を上げて。

おのれの絵を誇るように得意げな顔を見せながら、わたしの名前を呼ぶ。

「茜」

動かなくなったスーツケースを放り出して、スニーカーの底で石畳を蹴った。駆け寄って見上げた先で、その人はやっぱり不器用に笑っている。

やっと帰ってきたのだと、ようやくそれで実感した。

ほろりとこぼれたその声音は、吹き抜ける春風の柔らかさによく似ていた。

「ああ……おかえり」

「ただいま、青藍さん」


京都、東山《ひがしやま》のふもとに岡崎《おかざき》という場所がある。

かつての宮城を模した巨大な建造物、平安神宮《へいあんじんぐう》から神宮通《どおり》がまっすぐに伸びる。通りにまたがるように朱色の鳥居がどうどうと空にそびえ、その先、同じ色をした橋の下には、琵琶湖疏水《びわこそすい》がゆらゆらと陽光を散らしていた。

その平安神宮の北に、邸があった。

月白邸《つきしろてい》。

白い塀に囲まれた広大な邸だ。そのほとんどを植物が占めていて、よく言えば植生が守られた——つまるところ木々や草花が自由奔放《ほんぽう》に生《お》い茂る庭になっていた。

七尾茜は高校一年生の秋、小学一年生だった妹のすみれとともに、この邸に居候《いそうろう》することになった。

その春に、姉妹の唯一《ゆいいつ》の家族である父を亡くしたばかりだった。

邸で二年半を過ごした茜は大学生になった。京都にある大学の国際教育学科でさらに二年を過ごしたあと。去年の夏のはじめから茜は長期で留学することになった。

そうしてこの春、十カ月の留学を終えてこの邸にまた戻ってきたのだ。

冬の名残《なごり》の冷たい空気を胸いっぱいに吸い込んで、茜は晴れ渡った早朝の空を見上げた。

四方八方に伸びた木々の枝が絡《から》まり合いながら、春の青空を切り取っている。黄緑色の柔らかい若芽が、あちこちにくしゃりと丸まっていた。

茜とすみれの住処《すみか》である庭の奥の離れから、リビングやキッチンのある月白邸の母屋《おもや》までの道のりは、毎朝ちょっとした散歩気分だったのを思い出した。

「――おはよう、茜ちゃん！」

空から視線を下ろすと、リビングの掃き出し窓からすみれが顔を出していた。

「早く入りなよ、まだ朝は寒いでしょ」

うなずいて、急ぎ足で玄関に回る。

廊下の先、リビングの暖簾《のれん》を上げると、ちょうど淡い紫色のエプロンをつけたすみれが、ぱたぱたとキッチンに駆け込んでいくところだった。

ここに来たころ小学一年生だったすみれは、春休みが終われば中学生になる。

すらりと身長が伸びたのはここ一年ほどらしく、茜の記憶の中では、すみれの小さな頭はまだ自分の胸ほどまでしかなかった。それが今は、ほんの少し視線を下げれば目が合ってしまう。

ふっくらとしていた頬は線が細くなり、くるりと丸くて大きかった目は、少しつり上がったきれいなアーモンド形になって、すっと伸びた鼻筋の両脇におさまっている。

妹はこの一年でずいぶんと大人びた。

対面キッチンの向こうで、すみれが顔を上げた。

「茜ちゃんは座っててよ、昨日帰ってきたばっかりなんだから」

「でも、朝ごはん作らなきゃ」

月白邸では、食事を用意するのは茜の役目だった。少なくとも一年前までは。

「いいって、わたしがやるからさ」

ぱたぱたと手を振ったすみれが、ざっと鍋に水を張ってコンロにかける。湯が沸くまでの間に、厚切りにした食パンをトースターに放り込んだ。

冷蔵庫から卵を四つ取り出す。割ってボウルでざっくりとかきまぜると、塩と胡椒《こしょう》を適当に振ってフライパンに流し込んだ。

じゅわり、とバターの溶ける香ばしいにおいがただよう段になって、あっけにとられていた茜はようやく我に返った。

「すみれ、すごいねえ……」

その手際《てぎわ》の良さは毎日やっている人のそれだ。卵焼きをひょいっとひっくり返しながら、すみれが嘆息した。

「わたしがやんないと、青藍も陽時《はるとき》くんも朝なんにも食べないんだよ。青藍なんかコーヒーだけでいいとか言うし、いいわけなくない？」

むう、と膨《ふく》らんだ頰の丸みに、やっと幼い妹の面影《おもかげ》を見つけてほっとする。

焼きあがったほかほかの卵焼きには、ほどよくきつね色の焦《こ》げ色がついている。見事なできばえに、思わずぱちぱちと手を叩いていると、すみれが肩をすくめた。

「これくらい、わたしももうできるよ」

「……あ、そうだよね」

こんなのなんでもない、と言わんばかりの妹に、茜はぎこちなく笑った。

たった十カ月なのに、途方もなく長いあいだ離れていたような気がして、なんだかふとさびしくなったのだ。

「――おはよう」

春のひだまりのような、とろりと柔らかな声がした。暖簾を上げてリビングに入ってきたその人は、滴《したた》るほどの甘やかな雰囲気を持っている。

紀伊《きい》陽時という、この月白邸の居候だった。

「おはようございます、陽時さん」

「おはよう、茜ちゃん」

　やや伸びた髪は肩口でそろえられ、さざ波のように細かに波打っていた。きらきらと朝の光を散らしているその先端が、ときおりするりと首筋をかすめていくのが、相変わらず朝から目に毒である。

「時差は大丈夫？　ロンドンだと九時間ぐらいだっけ」

　大きめのスウェットの袖《そで》を肘《ひじ》までまくり上げた陽時は、ごく自然にキッチンへ入って手を洗い始めた。

「なんとか。まだちょっと眠いですけど」

　コーヒーでも淹《い》れようかと立ち上がった茜を制するように、陽時が硝子《ガラス》ポットをさっと洗って、何かの機械の下に置いた。赤と銀色のラインが入った一抱《ひとかか》えほどもある機械だ。コーヒーメーカーだった。

「今日ぐらい、もうちょっと寝てればよかったのに。大学始まったらどうせ毎日早起きでしょ」

　ぽかん、としていると、陽時がカウンターの向こうで顔を上げた。

「茜ちゃん、やっぱり眠たい？」

「あ、いえ……」

真新しいコーヒーメーカーがごりごりと豆を挽《ひ》いて、やがてコーヒーを落とす、シュウシュウ、ゴボゴボという音が聞こえ始める。妙に耳障《みみざわ》りだった。

「……コーヒーの機械、買ったんですね」

「うん。茜ちゃんがあっち行ってから、おれと青藍が淹れてたんだけどさ。やっぱりものたりなくて買ったんだよ」

カトラリーやマグカップ、ミルクピッチャーをテーブルに並べる陽時の横で、すみれが、卵焼きとパンののった皿を置いていた。

手伝おうか、と茜が言うころには、もう蜂蜜もバターもすべてそろっている。浮かせた腰をそっと椅子に落ち着けて、茜が細いため息をついたときだ。

暖簾の向こうから、のそりと青藍が姿を現した。

「…………おはよう」

眠気がたっぷり含まれた少しばかり嗄《か》れた声に、茜はほっとした。この人は茜の覚えているとおり、相変わらずまだ朝に弱いのだ。

「おはようございます、青藍さん」

「遅いよ、青藍。わたしが起こしに行ってから、どれだけたってると思ってんの?」

むすっとすみれが頬を膨らませた。妹が家主を起こしに行くこの習慣も、まだ変わらないらしい。

青藍は長く伸びた髪をくしゃりとかきまぜると、茜の隣の椅子に腰を下ろした。

「今朝は、あったかかったからなあ……」

言い訳がましくぼんやりとつぶやく。髪が肩から流れ落ちて、うっとうしそうにそれを払いのけた。

「邪魔なら伸ばすなって」

陽時がため息交じりに立ち上がった。キッチンの端にまとめてあった髪ゴムを手に、青藍の髪を手早く一つにくくる。

されるがままにうつらうつらしている青藍は、ほとんど寝ているのだろう。

着物にはこだわるわりに、おしゃれというものに興味のない青藍は、髪型にも頓着《とんちゃく》しない。髪を切りに出るのが面倒だという理由で、ここしばらくは伸ばすに任せていたそうだ。

青藍がこくりとかしぐたびに、くくられた髪からこぼれ落ちたひと筋が、頬をさらりとかすめる。

その横顔が、なんだか知らない人のように見えた。

そのとき、ぱん、とすみれが手を叩いた。

「青藍、起きて！　約束！」

びくっと肩を跳ね上げた青藍が、今しがた覚醒したとばかりに左右を見回した。それからじっとりとしたすみれの視線に気がついて居住まいをただす。

「……起きた」

ぼそり、とそう言った青藍に、よし、とすみれがうなずいた。

あっけにとられていた茜に、陽時が苦笑した。

「こいつしょっちゅう朝起きてこないだろ。部屋から出てきてもこうだし。それで夏ぐらいかなあ、すみれちゃんがものすごく怒ったんだよ」

何度言っても直らないそれに、ついにすみれは強硬手段に出たそうだ。

青藍の仕事部屋に立てこもって、その態度を改めなければこの部屋がどうなっても知らないと脅《おど》したのである。

「それで土下座の勢いで青藍が謝ってから、ずっとこうなの」

どおりで青藍が、緊張感のある顔で背筋を伸ばしているわけである。

それにしても、と茜は不思議に思う。

青藍が朝食の席に出てこないこともその場で寝落ちすることも、今に始まったことではない。すみれがそれほど怒ることだろうか。

それもよりによって、青藍の部屋に立てこもってまで。

あの場所は、青藍にとって大切な場所であることを、すみれもわかっているはずだから。

青藍は日本画の絵師だ。

画壇でも類をみない天才絵師にして、気に入らない仕事は頑として受けず、邸からほとんど出てこない変人絵師としても名高い。

青藍がいま使っている離れは、彼の自室であり仕事部屋――アトリエでもあった。

壁一面に棚が組まれ、おびただしい量の絵具と紙が詰め込まれたその場所は青藍の聖域であり、茜もいまだ青藍に招かれなければ入るのにためらう場所でもある。

すみれはしょっちゅう入り浸《いびた》っているようだったけれど、そこが大切な場所であるということは、幼いながらちゃんとわかっているようだった。

だからそこに立てこもるなんて、よほどのことにちがいないのだ。

分厚いトーストに、蜂蜜をたっぷりかけていたすみれが、むすっとつぶやいた。

「茜ちゃんがあっちに行ったあとに、約束したんだよ。朝はちゃんと起きてごはんも一緒に食べるって。でも青藍、すぐ約束破るんだもん」

「最近は守ってるやろ……できるだけ」

すみれが不機嫌そうにふん、と鼻を鳴らした。

「嘘だ。いつまでたっても朝起きてこないし。あと夜にコーヒー飲むのもやめたほうがいいし、お酒もちょっとにしておいたほうがいいって言うのに、気がついたらいっぱい飲んでて――」

「うるさい、うるさい」

両耳をふさいでふいっと横を向く青藍と、まったく、と仕方なさそうに眉を寄せるすみれのそれは、もはやどちらが子どもかわかったものではない。

「またこういうことがあったら、青藍の好きな御幸町通《ごこまちどおり》のカヌレ、もう買ってこないんだからね」

「……おまえ、それは……」

ぐう、と青藍が唸《うな》った。

茜は心の底に、さわりと冷たいものが触れたのを感じた。

それも、茜の知らないことだ。

「青藍さん、甘いもの好きでしたっけ?」

ことさら明るい声で問うた。甘い菓子などべつに好む人ではなかったはずだ。

「……あれが悪ないだけや」

いわく、秋口ごろにすみれが買ってきたカヌレが、いたくお気に召したらしい。それ以来、出無精な青藍にかわってすみれがときどき買ってきていたのだという。

「もう知らない。買ってこない！」

「……わかった。悪かった」

「青藍いつも口ばっかじゃん」

つん、とよそを向くすみれと、おろおろと言い募《つの》る青藍の関係性と、そしてそれをけらけら笑いながら見ている陽時にとっては、きっとこれがいつもの雰囲気なのだろう。

茜がいない十カ月の、いつもの。

青藍がカヌレを好きだったことだって茜は知らない。

真新しい機械で淹れたコーヒーの香ばしいにおいも、すみれが焼いた卵焼きも、髪の長い青藍も、茜は何も知らないのだ。

うつむいた。マグカップの中の黒々としたコーヒーに自分の顔がうつる。どこかぎこちなく笑っている。

これはたぶんさびしいのだ。

自分のいない十カ月がじわりと心の底に染《し》み入ってくる。

自分で行くと決めたはずなのに、ずいぶんと勝手な話だ。

こぼれそうになるため息を、薫《かお》り高いコーヒーとともにぐっと飲み込んだ。

2

青藍《せいらん》が気乗りしない様子でその絵を広げたのは、すみれが学校の友だちと遊ぶからと出ていってしばらくしてのことだった。

ソファセットのテーブルの上に広げたそれを、険《けわ》しい顔でにらみつけている。

それは一幅《いっぷく》の掛け軸だった。

二人分のコーヒーを淹《い》れた茜は、青藍の隣に腰かけてまじまじと掛け軸を見つめた。

天地の裂《きれ》は深い藍《あい》、中廻《ちゅうまわ》しと風帯《ふうたい》に淡い藍、一文字《いちもんじ》のないつくりだ。同じ薄藍の柱にはさまれるように本紙《ほんし》が表装されている。

そこに、着物の女が一人描かれていた。

たっぷりとした袖《そで》の着物は濃紺《のうこん》の地《じ》に同じ色を重ねるように、柳《やなぎ》の模様が織りだされている。帯と衿《えり》は白、裾《すそ》には大ぶりの白牡丹《ぼたん》が浮き上がっていた。

場所は広い橋の上。すらりと背の高い洋灯《ランタン》のような街灯が橋の上を淡く照らし、細い鉄が編み込まれたような欄干《らんかん》の影を浮き立たせている。女の眼下には広い川が、橋の影をゆらゆらと崩しながら流れていた。四条大橋《しじょうおおはし》の文字が本紙の端に見えるから、鴨川《かもがわ》だろうと思われた。

女は体をひねって傘を広げようとしているようだった。和傘で色は紺。右端から淡く黒い線が降り注いでいて、橋の上や川面《かわも》に細かな波紋が散っている。

雨が降っているようだった。

茜は息をのんだ。

女の顔は色が抜けたように白く、視線は遠くぼんやりと雨に背を向けて、空を見上げている。

それがあまりに、生気に欠けているように見えたからだ。

青藍が困惑《こんわく》したように、その絵にするりと指を滑らせた。

「――この女を笑わせてほしいて言われた」

「笑わせるって……」

思わず問い返す。

「どう手を加えてもいいから、笑ってるように見せてくれてことやろうけど……」

元ある絵に手を加えるというような依頼は初めてではない。青藍の腕ならば元の絵の雰囲気を損《そこ》ねることなく、自然と笑ったように見せることもできるだろう。

けれど青藍は依然《いぜん》、険しい顔のまま唇をへの字に曲げていた。

「溌剌《はつらつ》と笑わせたいんか、それとも微笑ませたいんか……そもそもなんでそんなことをしたいんか、理由もわからへんし、手のつけようがあらへん」

「依頼人は、なんて言ってるんですか？」

そう問うと、とたんに青藍の眉がこれ以上ないくらいぎゅう、と引き絞られた。

どうやらこの依頼人か、仕事を引き受けた経緯《けいい》が気に入らないようなのだけれど、受け取っているということは絵には興味をそそられる、ということなのだろう。

厄介な人だなと茜はほろりと苦笑いを浮かべた。

青藍は仕事に対して偏食的だ。

自分の気に入った仕事以外はどれだけ金額を積まれても受けないし、邸《やしき》を訪れた依頼人を門前払いしたことも何度もある。そのくせ興味のある仕事は報酬の高い安いに関係なく請け負《お》ってくるのである。

ため息交じりに青藍が言った。

「ほんまの依頼人は、ようわからへん。ぼくはこれと伝言を受け取っただけや」

青藍はそうして、やや気まずそうに視線をそらした。

「——一乗寺《いちじょうじ》の喫茶店のマスターから」

息をのんだのは茜だった。

その場所に一番縁があるのは、茜だからだ。そこは茜の大切な場所で——かつて、父と母が出会った店だった。

——京都、左京区《さきょうく》に一乗寺という場所がある。瑠璃光院《るりこういん》や修学院離宮《しゅうがくいんりきゅう》などがほど近く、京都有数の学生街としても知られている。

四月も半ばを過ぎた日曜日、茜は青藍とともにこの一乗寺を訪れた。

例の絵の依頼人と会えることになったのだと、今朝がた不機嫌そうに青藍がそう言った。同行を申し出たのは、茜もその喫茶店に留学から戻ったことを報告したかったからだ。

車を降りると外はすでに初夏の陽気だった。いっそうまぶしくなった太陽の光が、じりじりと肌を焼く。

茜についてのそのそと車を降りた青藍が、アスファルトに黒々と焼きつけられる影を見下ろして眉を寄せた。

「………帰る」

外出が苦手で邸にこもってばかりの青藍は、とくに暑さがあまり得意ではない。夏も本番になるとアイス片手に、リビングでぐったりとしている姿を見かけることも多かった。

「はいはい」

今に始まったことではないので、茜はさらっとそう言って車の運転手に声をかけた。

「帰りは連絡するので、またこのあたりにつけておいてもらえますか？」

いつもの黒塗りの車は、運転手が変わるのが嫌がる青藍のために、陽時《はるとき》が手配しているものだ。慣れた様子で運転手がうなずいたのを確認すると、茜は後部座席のドアを閉めた。

視界の端を海外からの観光客が通り過ぎていく。

視線をやると、ちょうど彼らも立ち止まったところだった。

道端《みちばた》の地蔵に目を輝かせて見入ったり、日本語の看板を、スマートフォン片手になんとか読み解こうとしているさまがほほえましい。

自分たちにとって当たり前のことが、彼らにとってはすべてが新鮮なのだ。

なんだかわかるなあ、と茜は思う。

知らない国の空の下では出合うものすべてが初めてで、何もかもが鮮やかすぎるほどにまぶしかった。

「……茜」

両替して、初めて手にした外国の紙幣やコインも、空港に降り立って見上げた瞬間の、重く曇った空の色も、たどたどしい英語で買ったスタンドのホットコーヒーでさえも。

ぜんぶが新しくて楽しかった。

「おい、茜」

どうしてこんなふうに今、それを思い出すのだろう。まるで見慣れた京都の空から逃げ出してしまいたいかのように――。

「茜！」

その声に、はっと我に返った。

いつの間にか観光客に囲まれた青藍が、途方に暮れたようにこちらを見つめている。青藍もたいがい長身なのだけれど、彼らのがっしりとした体躯とより高い身長に埋もれそうになっていて、助けを求めるように茜を手招いていた。

茜はあわてて青藍と彼らの間に割って入った。英語で一言ふたこと話すと青藍のほうを向いた。

「写真撮ってもいいかって？」

「嫌や」

きっぱりと首を横に振った青藍に、そうだろうな、と苦笑する。

向こうももとより無理強《じ》いする気もなかったのだろう。丁寧《ていねい》に断ると、朗《ほが》らかに笑って手を振って去っていった。

「青藍さんの着物姿が、すごく格好よく見えたんですって」

茜にしてみれば身内が褒《ほ》められたようでうれしい。

ふだんから着物姿の青藍は、その長身や物珍しさもあいまってよく目立つ。藍色の着物に灰鼠《はいねず》の羽織はあつらえたように似合っているから、着慣れたものの雰囲気を感じるのかもしれなかった。

返事がなくて、振り返ると青藍がじっとこちらを見つめていた。どこかまぶしいものを見るように目を細めている。

「どうしました?」

「いや。ずいぶん英語も話せるんやなて」

「十カ月も住んでたら、日常会話ぐらいはなんとかなりますよ」

歩き始めた青藍の横に並ぶ。

「あっちの家族がたくさん話しかけてくれたので、いい練習になったんです」

茜はロンドンのホストファミリーのもとで、十カ月を過ごした。恰幅《かっぷく》のいい商社勤めのホストファーザー、学校教師のホストマザー、そして茜より年下の二人の姉妹の、四人家族だった。

「いろんなところに、たくさんつれていってもらったんです」

あちらの家族は、長期留学生を受け入れるのは今回が初めてだったそうだ。

茜の十カ月に思い出を詰め込むように、フェスティバルやクリスマスマーケット、ウエストエンドのミュージカルなど、あちこち連れ回してくれた。

「とくに姉妹がたくさん話しかけてくれて、秋に庭で花火を見たときに──……」

「……そうか」

ぽつりと青藍の口からこぼれ落ちたそれが、ひどく冷たく聞こえて、茜は口をつぐんだ。

「……すみません。わたしばっかりしゃべって」

自分の思い出ばかり一人よがりに話してしまった。気まずくなって謝ると、青藍が困ったように「いや」とつぶやいた。

結局、二人して黙り込んだまま、茜は前を歩く青藍の背を見上げた。

茜が帰ってきてからだろうか。こういうことが増えたような気がする。何を話していても青藍がふいに黙り込んでしまう。その沈黙が気まずい。

いや、と茜は心の中で首を横に振った。今までは沈黙が気にならなかったのだ。

青藍はもともと口数が少ない。

だから瞳の色で、視線で、しぐさで、その心のそばに寄り添っているとずっと思っていたのだ。

でも今は、青藍は少しも茜を見てくれない。

視線が合わない、表情が見えない——心がわからない。

その背がずっと遠くにあるような気がして、茜はため息をついた。


車を降りてしばらく歩いた先、細い路地に面するように小さな喫茶店がある。住宅地のただなかにあり、三階建ての家の一階部分を改装したものだ。

店名はそのまま、『喫茶一乗寺』。

白に塗られたペンキがところどころ、木目に沿って縦《たて》に剝《は》がれかけている。淡い傷口のようなそこから薄く苔《こけ》むし始めているその光景は、いつかの思い出の中にある店のようで、いつも懐《なつ》かしい気持ちになるのだ。

扉を開けるとからりとベルが鳴った。店の中はたっぷりと光が満ちている。

飴《あめ》色のカウンター席は二つ、テーブル席は二人席が三つほど。褪《あ》せた床板に、天井から吊るされた木製のランプシェードが複雑な光の模様を描いていた。

ほろりと苦いコーヒーの香りに、茜は胸がいっぱいになるのを感じた。

これは、父の淹れてくれるコーヒーの香りだから。

この喫茶店は、父と母が出会った場所だった。

天涯孤独だった母、比奈子《ひなこ》は、この喫茶店に住み込みで働いていた。そして近くの芸術大学に通っていた父、樹《いつき》と出会った。

　この喫茶店で互いに惹《ひ》かれ合って、そうしてこれからの人生をともに過ごすことにした。大学を卒業すると同時に、父と母は結婚して、東京・高円寺《こうえんじ》に移り住んだ。

　茜が生まれ、すみれが生まれ──やがて体の弱かった母が亡くなった。それから父は、茜とすみれをつれて、二人の思い出の土地であるこの京都に戻ることにしたのだ。

　高円寺でカフェのバリスタを務めていた父は、京都の上七軒《かみひちけん》で小さな喫茶店を開いた。

　カウンターの中で、がりがりと豆を挽《ひ》く音も、ぽとぽととフィルターに湯を落とす音も、ふわりとただよう香ばしい香りも、いつも父の思い出とともにある。

　その父がコーヒーの淹れ方を覚えたのが、この喫茶店だった。

「──茜ちゃん！　よう来てくれはったねえ」

　祖母ほどの年齢の女性が、エプロンで手を拭《ふ》きながらぱたぱたとこちらへ駆けてくる。青野志保《あおのしほ》だ。白くふっくらとした手が、茜の手にそうっと重なった。

「おかえり、茜ちゃん」

「ただいまです、志保さん」

　ぺこり、と頭を下げた茜に、カウンターの中からぶっきらぼうな声がかかった。

「……ようきた」

不愛想なマスターは志保の夫で青野宏隆《ひろたか》という。父のコーヒーの師でもあった。宏隆と志保は母の親代わりだ。だから茜やすみれにとっても祖父母のような人たちである。二人とは茜が留学の挨拶《あいさつ》に訪れて以来の再会だった。

志保がうれしそうにカウンターに案内してくれる。

「早《はよ》う座って。——青藍くんも先月ぶりやねえ」

青藍が頭を下げて、自然に宏隆に近いカウンターの席に座った。茜もその隣に腰かける。

宏隆がちらりと視線をよこした。

「こないだは悪かったな、妙なもん押しつけて」

いいえ、と青藍が困ったように首を横に振った。

青藍の悩みの種である件《くだん》の掛け軸は、喫茶店の主《あるじ》である宏隆からわたされたのだという。

宏隆もだれかに「絵の女を笑わせてほしい」という伝言とともに、託されたのだそうだ。

詳しいことを聞きたいと言った青藍に、今日、依頼人と顔を合わせる機会を設けてくれたのである。

それにしても、と茜は宏隆や志保と、青藍の間に流れる雰囲気に内心おどろいていた。

自宅にこもりきりの青藍が、ここではわずかながら気を抜いているように見えるし、志保も宏隆も青藍を常連のように扱っている。

そもそも外出嫌いの青藍が、この喫茶店にはよく訪れているらしいことも不思議だった。

「青藍さん、ここによく来るんですか？」

「……まあ、仕事で」

「仕事？」

そう問い返した茜には返答がなかった。

宏隆がコーヒーを淹れ始めたからとわかった。

青藍の視線は、そのよどみない手付きに釘付けになっている。

銀色のパックから豆をミルに入れる。がりがりという音とともに立ち上る香りは、香ばしさの奥に、新鮮な果物のようなわずかな酸っぱさがあった。

フィルターに挽いた豆を入れ、銀色の、口の細いケトルからじれったいほどゆっくりと、湯を注ぎ入れる。

限界まで引き伸ばされた糸のように滴《したた》るそれは、優しく差し込む昼の陽光に照らされて、雨上がりの蜘蛛《くも》の糸のように、きらきらと光って見えた。

ぽた、と最後の一滴がフィルターに落ちるその瞬間まで。

いつの間にか茜も、じっとその光景に見入っていた。

「──よせ」

宏隆がわざとらしく、ガチャリと音を立ててコーヒーカップをソーサーに置いた。その瞬間ふつり、と不思議な緊張感がほどけたような気がした。

数拍あいて青藍がほうと息をついた。薄い唇からこぼれ落ちたそれは、陶酔したような甘やかな酩酊《めいてい》感がある。

「ほんま……きれいやなあ」

ふと傍《かたわ》らを見やって、茜はわずかに目を見開いた。

とんでもなく、きれいなものを見た、と思った。

青藍の薄い唇が、うっとりとかすかな笑みを浮かべている。その黒い瞳はじっと宏隆の手に注がれていた。食い入るように——ただ、美しいものに耽溺《たんでき》するように。

心臓が跳ね上がる。耳の奥で鼓動がうるさい。それでも視線をそらすことができない。

美しいものを愛《め》でる、美しい人の横顔から——。

「宏隆さんがコーヒー淹れはるとこは、何回見てもきれいや思う。無駄があらへんし、芸術品みたいや……」

ぐ、とひるんだのは宏隆だった。

子どものようにきらきらと目を輝かせている青藍のそれが、おせじではなく心底本心からのものだと、わかったからにちがいなかった。

「……来るたびにじろじろ見よるさかい、落ち着かへん」

苦々しげな宏隆の隣で志保がころころと笑う。

「そんなこと言うて。お父さんも青藍くんが来てくれるん、うれしい思てるんやで。今日かて出町柳《でまちやなぎ》のお店までわざわざ豆仕入れに行って――」

「やかましい」

照れ隠しのようにふんと鼻を鳴らした宏隆が、茜と青藍の前にそれぞれコーヒーカップを置いてくれた。

立ち上る香りは泣きそうなほど懐かしい。

「お父さんのコーヒーだ」

思わずそうこぼすと、志保がくしゃりと笑った。

「そらそうよ。樹くんのコーヒーは、この人に習ったんやもの」

父の樹はかつて、母の誕生日を祝うために宏隆からコーヒーの淹れ方を教わったらしい。元来不器用だった父が、ようやく飲めるコーヒーを淹れられるようになるころには、母の誕生日をゆうに三カ月も過ぎていたそうだ。

この話が茜は大好きだった。

父のコーヒーが、母への愛情の証《あかし》でもあるような気がしたから。

志保がそういえば、とその丸い目を柔らかく細めた。

「茜ちゃんも来年は、お父さんとお母さんが結婚した歳やない？」

「あ、そうか」

茜は今年二十二歳になる。父と母が結婚したのが大学を卒業した年だというから、ちょうど一年後には追いついてしまうのだ。

「そろそろ、だれかええ人おらへんの？」

わくわくと志保が目を輝かせた瞬間。

ガン、ガタンっと隣から二つ音が重なった。

一つはカウンターの中で宏隆が、磨き上げたグラスを落とした音。もう一つは青藍が、思わず、といったふうに立ち上がった音だった。

宏隆がおろおろと言った。

「……まだそんなんは早いやろ。二十年前はともかく、今は、そんな……」

すっと椅子に座りなおした青藍が、力強く首を縦に振った。

「まだ早い思います」

「そう？　茜ちゃんかてもう立派な大人なんやし。早いも遅いもあらへんえ」

ねえ、と志保に水を向けられて茜は肩をすくめる。

「今のところは、恋人とかいないですよ」

「そうなの？　茜ちゃん、しっかりしてるし大人っぽくなったし、いろんな人に好かれそうやのに」

茜はあいまいに笑った。

大学先でも留学先でも、そういう雰囲気になったことがないと言えば嘘になる。だれかと二人で遊びに出かけてみたことも、仲良くなった人から告白めいたことをされたこともある。

けれど結局、その先に進むことは一度もなかった。

その理由を、茜は自分が一番よくわかっている。

自分がだれの隣にいたいのか、離れてみて身に染《し》みるほどわかってしまったのだ。

この気持ちを心に沈めたまま、茜はことさら明るく笑った。

「そんなことないですよ」

この気持ちを口にする勇気はない。

今はただ、その合わない視線の先をたどるだけで——精一杯なのだ。

——ぽつ、ぽつと留学先の話をしながら、コーヒーも半分ほどになったころ。

ねえ、と志保がカウンターの端を指した。

「茜ちゃん、あれ見て」

そこで茜は初めて、手のひらを広げたほどの小さな扇子《せんす》がそこに飾られていることに気がついた。

箸《はし》置きのような、弧を描く竹の扇子立ての上に、透かし彫りの扇骨《せんこつ》が広がっている。模様は千鳥《ちどり》、要《かなめ》は銀、竹の素材を生かすように親骨《おやぼね》はつややかに磨き上げられている。

ため息がこぼれるほど美しい扇面だった。

深い群青《ぐんじょう》の空に、柿茶《かきちゃ》の枝が伸びあがっている。

先端にたった一つ、ふっくらと実を結んだつぼみが、今にもほどけようとしていた。

桜だ。

まだ冬を残す冷たい朝、太陽の光だけが夜明けを告げるその日、最初の桜がほころぶ。

温度も空気も風のにおいさえ描きとってしまうこの絵は、茜にだってすぐにわかる。

青藍の絵だった。

「……きれいですね」

美しいものは美しいと、そう言うしかない。

青藍の絵に出合って茜はそう知ったのだ。だから素直に、心に従って言葉にする。

「本当に、きれい。わたし、青藍さんの絵が大好きなんです」

傍らで青藍が息をのんだのがわかった。振り返ると、あわてて視線をそらされる。

くすりと志保が笑った。

「『結扇《ゆいせん》』さんの飾り扇子よ。うちでも買わしてもろててね、季節ごとに青藍くんが届けに来てくれはるんえ」

茜は思わず振り返った。だからさっき青藍は「仕事だ」と言ったのだ。

「……うちの、お商売やったさかいな」

青藍のその口元が打って変わって、誇らしげだったのを茜は見逃さなかった。

月白邸《つきしろてい》は先代の主、月白《つきしろ》のころ、『結扇』という扇子屋を生業《なりわい》としていた。それが月白が亡くなって、商売を一度畳むことになった。

月白は青藍の絵の師であり、それ以上に大切な家族であった。十一年前、月白が亡くなったとき。青藍のその心を一度壊してしまうほどに。

茜たちがやってきたとき、月白の死からおおよそ六年がたっていたが、青藍はなお師匠の死にその心を奪われたままだった。

月白邸で青藍と陽時と茜とすみれ。四人で過ごすうちに、ようよう前に向かって歩き始めた青藍は、三年半前――忘れることのできないあの美しい月夜。

月白が遺《のこ》した課題に答えを見つけることで、ようやく月の向こうにその死を見送ることができた。

　そしてそれを期に、かつての生業である扇子屋『結扇』を再開することに決めたのだ。

　もともと絵師としての仕事を優先していたこともあり、再開の歩みはゆっくりだった。茜が留学に出るまでは、展示会やホテルのロビーなどに置く作品を、ほそぼそと手がけているくらいだったはずだ。

　青藍が言った。

「去年の秋ぐらいから、飾り扇子もそろそろやってもええかていうことになってな」

　以前のように何十本と作るわけではないが、肉筆《にくひつ》でまかなえる範囲で、まずは身内に近いところから。季節に合わせた飾り扇子の販売を再開したそうだ。

「次のも持ってきました」

　青藍が横の椅子に置いていた藍色の風呂敷包みを、志保に差し出した。中には草色の細長い箱が三つ重ねられている。もう見慣れてしまった、扇子を入れるための箱だった。

「初夏と、夏と、初秋です」

　宏隆が皮肉げに口元をつり上げた。

「なんやこんなまとめて。おまえ、秋まで来《こ》うへんつもりか」

「青藍くんが来うへんかったら、さびしいて言うてるんよ」

志保がすかさず翻訳する。青藍がかすかに笑った。

「茜も帰ってきたし、ちゃんと顔出しますよ。宏隆さんがさびしないように」

「言うようになったな」

宏隆が苦いものを飲んだように、ぐぐっと顔をしかめた。

それは照れたときの青藍にとてもよく似ていて、なんだか親子のようでほほえましく
――そうしてやっぱり、なぜだか少しさびしい。

茜の知らない時間が、そこにあるような気がしていたから。


からり、とドアのベルが鳴ってその人が現れたのは、宏隆が淹れてくれた二杯目のコーヒーが、そろそろ空《から》になろうかというころだった。

「いらっしゃい静《しずか》くん。青藍くん――『春嵐《しゅんらん》』さんが待ったはるえ」

春嵐は、青藍の絵師としての雅号《がごう》、ペンネームのようなものである。

志保の声に扉を開けた格好のまま、その人はぎしりと動きを止めた。青藍がカウンターに頬杖《ほうづえ》をついたまま、ちらりとそっちを見やった。

「……はは、こんにちは」

へらり、と笑みを浮かべた彼は、問題の依頼人、名を村雨《むらさめ》静というそうだ。

歳は三十をいくつか過ぎたころだろうか。上背《うわぜい》は茜よりやや高いほど。薄いグレーのパーカーに下はスウェットという気安い格好だ。

カウンターに近いテーブル席に腰かけた静は、気まずそうに青藍に頭を下げた。青藍がじろりとにらみつける。

「あんたか……あの女を笑わせてほしい言わはったんは」

絵師、春嵐が来たらその絵をわたしてくれ。「女を笑わせてほしい」と伝言を添えて。そう宏隆に頼んだのは、この静であるらしい。

「春嵐は気に入った仕事しか受けへんて、志保さんから聞いてたから、おれからより宏隆さんからお願いしてもらうほうが、引き受けてもらえそうやなて思て」

あっけらかんと言い放った静に、宏隆が片手で顔を覆《おお》った。

「……悪いやつやあらへんのやけどな」

この静の天然さはどうやら生来のもののようで、にこにこと浮かべるその笑みには、どうにも憎めない明るさがある。だから宏隆も受け取ってしまったのだろう。

ちらりとうかがうような視線をよこされて、茜はあわてて頭を下げた。

「はじめまして、七尾《ななお》茜です」

「……もしかして比奈子さんの娘さん？」

おどろいたのは茜だった。

「母をご存じなんですか？」

やっぱり、と静が人好きのする笑みを見せる。

「おれ小さいころからここの常連やから、比奈子さんのこともよう知ってる」

二十年以上の前の話だけれど、と静が付け加えた。まだ静も小学生だったころのことだ。

「志保さんから聞いてたけど、比奈子さんにすごい似てはるなあ……！」

大きな瞳を輝かせる静の底抜けの明るさは、人に警戒心を抱かせない。茜も自然とテーブル席の静に向きなおっていた。

小学生のころ両親が離婚した静は、父とともに実家のある一乗寺に越してきた。学校帰りにこの喫茶店でよく、父の仕事が終わるのを待っていたそうだ。

「それで、比奈子さんにもよく遊んでもらったんや」

きゅう、と目を細めた静は、かつてのことを本当に懐かしく思っているかのようだった。

「比奈子さんて常連客に人気あってさ。いつも優しくて、おれも大好きで……だから最初、樹さんのこと、おれあんまり好きやなかってん」

わざとらしくむっと唇を尖《とが》らせる。その一つひとつの動作に愛嬌《あいきょう》があって、話に引き込まれてしまう。

「愛想あらへんしちょっと暗いし。でも比奈子さんは樹さんのことかまいつけるしさあ」

こういう話を聞くと、いつも茜は不思議に思う。

茜の知っている父は、いつだって優しくて朗らかな笑みを絶やさない人だった。

けれど母と出会ったころの父は違ったのだそうだ。無表情で不愛想で、この喫茶店でも窓の外を見て絵を描くばかりで、だれともかかわろうとしなかった。

それで、と静がそっと声をひそめた。

「あとで聞いたけど樹さんて、どこかのえらい家柄の人やったんやね。それで比奈子さんとも、ちゃんと結婚できへんかったって――」

「――おい」

低い声で遮《さえぎ》ったのは青藍だった。

振り返った先でカウンターに頬杖をつきながら、鋭い瞳で静をねめつけている。

「ちゃんと、てどういうことやろうか。それはどこのだれか知らへんあんたが、立ち入ってええことか」

ひゅ、と静の喉《のど》が鳴った。苦い顔で、茜から距離をとるように両手を前に突き出した。

「あぁ、ごめん。そうやんな……おれいらんことしゃべりすぎるときあって」

カウンターの向こうで宏隆と志保が呆れたように嘆息している。この明るさに加えて口が滑るのも、どうやらいつものことであるようだった。

「大丈夫です」

茜はきゅ、と手のひらを握り締めた。

父と母をめぐる話は少し複雑だ。

――京都に、東院家《とういんけ》という旧家がある。平安時代より一千年続く絵師の一族で、かつては朝廷や幕府の御用絵師を務めたこともあるそうだ。

精緻《せいち》な絵柄を特徴とし、色は淡くつけるにとどめる。静寂《せいじゃく》を刷《は》いたようなその画風は東院流とも呼ばれ、そのときどきの為政者からとくに好まれたそうだ。

父、東院樹はその東院家の分家、笹庵《ささあん》と呼ばれる家の長男だった。当代でも抜きん出たその絵の腕を買われ、東院家笹庵の跡取りとして望むべくもないとうたわれた。

けれどそのころは一族の重圧に押しつぶされそうになりながら、父にとって描きたくもない絵を吐き出し続けた時期でもあった。

あのころの父を知る人が口をそろえて言うように、無表情で、いつもぼんやりと遠くを見て、すべてを諦《あきら》めたような日々を過ごしていた。

父が変わったのは、母に出会ってからだ。

東院流の手本のようだったその絵には、まばゆく鮮やかな色が塗りこめられ、画面を躍《おど》るように明るくなった。

日々を母と過ごすうちに父は――茜の知る、優しくて明るく穏やかな父になったのだ。

父は東院家、笹庵の家を捨てて母とともに東京で暮らすことにした。

そのすべてを茜が知ったのは、高校生のときだ。

父が亡くなったとき、病院で呆然としていた茜とすみれを迎えに来たのは、父のかわりに笹庵の当主になった叔父《おじ》、東院佑生《ゆうき》だった。

叔父は二人に言った。

東院家を継ぐはずだった父は、どことも知れぬ女と……母と出会って東院家を捨てた。だから、茜とすみれは間違いの子なのだと。

彼らの心無い言葉にも理由があると知ったのは、それからしばらくあとのことだ。

かつて父を縛りつけていた千年の一族の重みは、今は佑生の肩にのしかかっている。

それを知って向き合って、悲しみにも悔しさにもなんとか折り合いをつけながら、だれもが前に歩きだしている。

「お父さんはお母さんに出会って、すごく幸せだったと思います。わたしの覚えている二人は、いつも笑っていたので」

静がふいをつかれたような顔をした。

口元が不安定にひきつって、目は丸く見開かれたと思った次の瞬間、困ったようにあちこちに視線が泳ぐ。まるでさっきまであれだけあふれ出していた笑みの作り方を、すっかり忘れてしまったようだった。

「ごめん」

もう一度そう言って、静は冷めたコーヒーを一気に飲み干した。

「……覚えてるよ。樹さんも比奈子さんも二人でいると、よう笑わはるようになった」

その声には、困惑と、そうしてほんの少しのうらやましさがにじんでいる。

そうして、かき消えてしまいそうなほど小さな声で、ほろりとこぼしたのだ。

「――ほんまに素敵な笑顔で、ええなあって、いつも思てたよ」

静がカウンターの端に視線を投げた。そこには桜のつぼみがふっくらとほころんでいた。青藍の飾り扇子だ。

「あの扇子は、あんたが描いたんやんな、春嵐さん」

「ぼく以外に、あの絵が描ける絵師がいるんやったら教えてほしいもんですね」

ちらりと視線をこちらに流して尊大に言い放った青藍は、自分の腕を絶対に謙遜《けんそん》しない。おのれの筆から生み出されるものが、何より美しいと知っているからだ。

静の視線が桜の扇子と青藍とを交互に行きかった。

「あんたやったらきっと……」

ああ、とまるで待ち望んでいたように、そうこぼす。

「……あの絵の人を、笑わせてくれる」

瞳だけが不安定にゆらゆらと揺れている。それは絶望の中に、たったひと筋見つけた希望の光にすがるように茜には見えたのだ。

やがてふたたび顔を上げた静に、茜は目を見開いた。貼りつけたようにぴかぴかの笑顔だった。そうして、言ったのだ。

「——掛け軸のあの人、おれのお母さんなんや」

思わず、茜と青藍は顔を見合わせた。

青藍はカウンター席に件の掛け軸を広げた。女は相変わらず陰鬱《いんうつ》に沈んだ顔をしている。

「母親て……これは、そんな新しい絵やあらへん」

茜から見てもその絵はずいぶん古くに描かれたもののように思えた。何度か表装しなおしたのだろう、裂は比較的新しく見えるものの、本紙の端は黄ばんでいてところどころ虫が食ったあとも見える。少なくとも描かれてから、十年や二十年ではないことはたしかだ。

静が大きな手で自分の髪をくしゃりとかきまぜた。

「うん。正確に言うたら、お母さんみたいなもの、やなあ。——おれのお母さん、小さいころにいなくなってしもてさ」

ぴかぴかに晴れた日の空のように、一点の曇りもない鮮やかな笑顔がこちらを向いている。

「それからあの人……ちっとも笑てくれへんようになったんや」

決して崩れることのないそれは、仮面のようなものなのかもしれない。この人はただ明るい人ではない。

笑うことで、その心の底を隠している人なのだ。

――静の父は警察官だった。

そのころ静と両親が住んでいたのは神戸《こうべ》で、父はそこから大阪にある職場に通っていた。

「ほら、ドラマであるやん。殺人とか捜査する部署。そういうとこに配属されてて、忙しくて……おれが小さいころ、父さんがまともに家に帰ってくるんは、一週間か二週間に一回とか、そんなふうやった」

母はそんな父のことを最初は、「大変やからね」とか「頑張ってるから、応援しようね」と言っていた。いつも優しくて我慢ばかりしていた人だったと思う。

それがいつからだろうか。母はだんだん笑わなくなった。

ときどき何かにとりつかれたように、じっと電話や玄関を見ていることがあった。

今思えば待っていたのだ。

父から自分にあてて電話が来るかもしれない。今にも玄関を開けて帰ってきてくれるのかもしれない。

「おれそのときまだ幼稚園通うぐらいの歳やったんやけど、幼心に、これはやばいて思たんやろな」

幼いころの静はやみくもに努力した。

お歌にドリルにかけっこに、なんでもぜんぶ、懸命だった。

また前のように、頑張ったね、と褒めてほしくて。

その努力が報《むく》われず、ぜんぶは遅かったのだと知ったのはいつだっただろうか。

そのころにはもう母は、静のことなど見てくれなくなっていた。

ただいま、と言っても、おかえり、と返ってこない。何時間も窓の外か机を眺めて、よく前触れもなく泣いていた。

母が優しく頭をなでてくれたあのあたたかさも――ひだまりのような笑顔も思い出せなくなったころ。

母が出ていったと、父から聞いた。

さびしさが母の心を壊したのだと思った。

「それから父さんと暮らすてなったんやけど、相変わらず忙しい人やってさ。おれだけ、おじいさんとおばあさんのとこにあずけられたんや。それがこの近くのマンションやった」

祖父母の家にいる間も、父と顔を合わせるのは週末くらいのもので、それもかなわないときもあった。

この女の絵を見つけたのは、そんなときだ。和室の床の間に飾られていた。古い絵なのだろう。顔はどこかのっぺりしているし目は細いし唇は小さい。幼い静の目にはどこか奇妙にうつった。

けれどそのぼんやりとたたずむ、無気力で何もとらえていないその瞳を見て、静は言ったのだ。

「――……お母さんがいる、って」

そのあとは大騒ぎだった。

それを聞いていた祖父から祖母へ、そして父へ連絡が行った。信じられない速さで父が帰ってきて、リビングで遊んでいた静を抱き締めた。

ごめんな、と何度も謝る父の震える声音を、今でも静は覚えている。

それからしばらくして、父も祖父母の家に住むようになった、平日の夜も休日も静とともに過ごすことが増えた。

「それでも一人のときは……ようこの絵の前にいてた」

どうしてこの絵に惹《ひ》かれたのか大人になった静にもわからない。この女を見つめていると、胸が締めつけられそうに痛む。それでも、目が離せない。

「――去年の秋、ここで初めて『春嵐』の絵を見たんや」

その日はとくに冷え込んだ秋の日で、朝から嵐山《あらしやま》や清水寺《きよみずでら》の紅葉《もみじ》が見ごろであるとニュースになっていた、そんな日だった。

飴色のカウンターに飾られた、秋の扇子に静の目は釘付けになった。

手のひらほどの大きさで、磨き上げられた親骨はつるりとした漆《うるし》に金箔《きんぱく》が散っている。

その扇面《せんめん》には赤い紅葉が舞っていた。

川面に落ちてくるりと波紋を描く。吹き渡る風は頰を裂くほどに冷たいのに、色彩だけがその冷たさに磨かれたように鮮烈だった。

「これまで観《み》たどんな紅葉より、おれはそれがきれいやて思たよ」

そのとき、ふいに思い浮かんだのは、笑わないあの女の絵のことだった。

これを描いた絵師なら、あの絵の女に筆を入れることが――笑わせることができるかもしれない。

すがるような気持ちでそう思った。

その扇子を描いた絵師『春嵐』は、宏隆と志保の知り合いで、ときおりこの喫茶店を訪れるらしい。ひと冬さんざんに悩んで、この春、静は掛け軸を宏隆にあずけることにした。

この女を笑わせてほしい。

そう、祈りのような伝言を添えて。

「……もちろん、絵の女がほんまのお母さんやて言うつもりはあらへんよ」

淡い淡い、願掛けのような期待に過ぎない。

けれどあの女が笑ったとき。もしかすると思い出せるかもしれないと思った。

もう二度と会うことのできないあの人が――あのころどんな顔で、自分に笑いかけてくれていたのか。

やがて静がこちらを向いて、くすりと笑った。

「そんな顔せんでもええんやで、茜ちゃん。ようある話やし、おれももうあんまり気にしてへん」

自分がどんな顔をしているのか、茜にはわからない。きっと情けなく泣きそうになっているのだろう。

「すみません……」

涙を乾かすように心持ちまるく目を見開いた。勝手に静の気持ちを想像して悲しくなってしまうのは、彼に失礼だと思うから。

両親を亡くした茜とすみれに、周囲はいつも同情的だった。その気遣《きづか》いもあたたかな優しさもたしかに二人を救ってくれた。

それはとてもうれしくて、少し辛《つら》い。

あなたはかわいそうな人なのだと周囲から突きつけられているようで、自分勝手な焦燥《しょうそう》と悔しさにいつも苛《さいな》まれていたように思う。

けれどだいじょうぶだからと虚勢を張っていたそれが、自分の心に深く残る傷であることもたしかなのだ。

いや、と口ごもった静の笑みが、ぐらりと揺らいだ。

「おれもべつに大丈夫、気にしてへんて今まで……思てたんやけど……」

それから先の言葉を静はぐっとのんだ。

膝《ひざ》の上で握り締められた指先は震えていて、瞳はゆらゆらと揺れている。けれど口元は笑みを刷《は》いていて、それは懐かしさと呼ぶにはあまりにも複雑な感情だった。

静の心にはまだ、笑わない母に懸命に話しかけていた自分がいて——平気なふりをしていたそれは、きっとたしかに傷になっていた。

その傷を隠すために、きっとこの人は笑うことを覚えたのだ。

3

炊飯器から立ち上る甘やかな出汁《だし》の香りに、ごくりと喉《のど》を鳴らす。つやつやに炊《た》き上がった米の上には、大きな昆布が一枚。出汁の淡い茶色を含んだ米に、桜海老《さくらえび》の赤が鮮烈に織り込まれている。

「青藍《せいらん》さん、ちょっとどいてください」

押しのけられた青藍の横から茜《あかね》の箸《はし》が伸びてきて、昆布をつまんで持っていく。かわりに刻んだアスパラガスと、煮つけたアサリがどさりと放り込まれた。

「はい」

手渡されたそれを思わず受け取る。しゃもじだった。茜がこちらを見もせずに言った。

「それ混ぜておいてください、お願いします」

忙《せわ》しなく動き回る茜には、口を差しはさむ隙《すき》もない。

青藍はしばらくためらったあと、もそもそと着物の袖《そで》をまくった。

アサリとアスパラガスをざっくりと混ぜ込んでいく。しゃもじを横ではなく縦《たて》にして切るように混ぜるといいらしいことは、ここ数年ですでに学んでいた。

今日の夕食は、紅《べに》と若緑《わかみどり》が鮮やかな炊き込みごはんだ。

色彩豊かに織り交ぜた炊き込みごはんを満足そうに見やって、青藍は顔を上げた。

ゆら、と視界の端で橙色《だいだい》が揺れる。

カウンターの向こう側、リビングに深く差し込む夕日の色だった。春風にカーテンが揺れるのに合わせ、ちら、ちらと躍《おど》るように床に淡い影を描いていた。

茜がスマートフォンを片手につぶやいた。

「すみれ、いま部活終わったみたいです。帰るまで一時間ぐらいかかるって」

春から中学生になったすみれは、部活に入ったことで帰る時間が格段に遅くなった。

青藍は炊飯器のふたを閉めた。

「陽時《はるとき》もそれくらいやな。さっき、会社出たて連絡あったから」

陽時は絵具商だ。紀伊家《きいけ》という文具や画材を扱う家の、かつては跡取りだった。

青藍の仕事部屋に並ぶ、おびただしい量の絵具や画材の一切を管理しているのも陽時だ。

これまでは青藍と同じような個人の絵師や画家のもとを回り、御用聞きのようなことを務めていた。

それがここ何年かは、大阪《おおさか》にある紀伊の本社に顔を出すことが増えた。去年の秋口に本格的に稼働し始めた、デザイン文具の関連会社にかかわっているからだと聞いている。

「じゃあ、夕食はそれからですね」

お玉を置いた茜は、味噌を溶く寸前だった鍋の火を止めた。筍《たけのこ》とわかめの味噌汁だ。

隣の鍋には、たっぷりの生姜《しょうが》で煮つけられた旬《しゅん》のカレイ。すでに小鉢に盛られた鯵《あじ》の南蛮《なんばん》漬《づ》けは青藍の好物だ。

茜がふと顔を上げた。

「せっかくですし、お茶にしましょうか」

こちらを見上げてほろりと笑う。ぎゅう、と胸の奥がつかまれたような気がして、青藍はまたふい、と視線をそらした。

その向こうで茜が、悲しそうな顔をしているのには少しも気づかなかった。

薬缶《やかん》に水を張って湯を沸かす。ふつふつと煮立った薬缶を青藍が火から下ろしていると、その間に茜が湯飲みを二つ並べた。

急須《きゅうす》に緑茶の茶葉を放り込みながら、茜が口を開いた。

「——向こうのおうちで、日本の緑茶を淹《い》れたことがあるんです。メイに頼まれて」

メイ——メアリーはホストマザーの名前だと、茜が照れたように付け加えた。ホストファミリーをファーストネームで呼ぶのに、しばらく慣れなかったのだそうだ。

「いつもおいしい紅茶を淹れてくれたから、お礼に」

湯を注いでしばらく蒸らす。慣れた甘いにおいがした。

「そうしたら緑茶に砂糖を入れるから、びっくりしたんですよね。あっちのおうちではいつも、お茶はそうしてるからって」

あっちのおうち、と茜はそう言う。こちらに戻ってきてから、その言葉を何度か聞いた。そのたびに胸の奥がざわりとする。

茜は一度家族を亡くした。

そうしてこの月白邸《つきしろてい》で、不完全でいびつで、けれど懸命にともに歩む家族として過ごしてきたはずだ。

ぐ、と知らず知らずのうちに手のひらを握り締める。

彼女は、一年で見違えるほどになった。

遠い異国の空を思い出しながら、未来を語る瑞々《みずみず》しい笑顔を、手放しで応援してやりたいと思う。

同時にそんな今にも駆け出していってしまいそうな軽やかさに、どうしてだかひどくあさましいいらだちを覚えるのだ。

彼女の知る空の色は……ここだけでいいはずなのだと。

にしている。

その焦燥《しょうそう》がどういう感情なのか、青藍はいまだはかりかねている。――そう、思うことにしている。

青藍は無言で、キッチンからリビングのソファに向かうと、そこに座り込んだ。茜の視線が追ってくるのを感じたが、振り返らなかった。

ぽとぽとと湯飲みに茶を注ぐ音が聞こえる。甘やかな香りが立ち上る。

やがてことりと静かに湯飲みが置かれた。一つきりだった。

「ここに置いておきますね」

顔を上げると、茜はキッチンで立ったまま湯飲みに口をつけている。それからでき上がっているはずの味噌汁を手持ちぶさたにかき回していた。

夕暮れはすでに遠く、カーテンの向こうから吹き込む夜の風が沈黙をなでていく。

ありがとうも、悪くないも――もっとたくさんのことも、ちゃんと伝えたい。

向こうの家族とどんな話をして、どう思って何が楽しかったのか、もっとたくさん聞きたいとも思う。

けれど不用意に近づけば、彼女の上に広がる鮮やかな異国の空に心が焼かれそうで。

ため息交じりに、視線をそらすことしかできないのだ。

リビングのある母屋《おもや》から、塀の中を通るような渡り廊下を抜ける。数段階段を上がった先に青藍の暮らす離れがあった。

二間続きで奥が寝室、手前が仕事部屋になっていた。

仕事部屋の奥の壁は天井から作り付けの棚になっている。扉のついた棚にはおびただしい量の絵具が詰め込まれ、その隣は上から色とりどりの紙が差し込まれていた。

あふれた紙や裂《きれ》がくるりと丸められて、棚の下に立てかけられている。

コンテナの中にはずらりと積み上がった白い小皿、梅皿に乳鉢《にゅうばち》。筆や小さな鍋や電熱器が所狭しと並んでいる。

美術室のような、膠《にかわ》のにおい。

ここは青藍の大切な場所だった。

「――どうしたの、この絵」

板間に出された畳の上で陽時が、広げられた件《くだん》の掛け軸をのぞき込んだ。

「一乗寺《いちじょうじ》の喫茶店の、常連さんから頼まれたものだそうです」

無言で絵を見つめる青藍にかわって茜が答える。いつものことであるからか、陽時はとくに気にするふうでもなかった。

「ああ、そういや珍しく、青藍がたまに通ってるとこだ」

陽時の手が畳の端に置かれた盆に伸びる。茜がキッチンから持ってきたものだった。

漆塗《うるしぬ》りの盆には茶の用意と、小皿が三つ。それぞれ菓子が盛られている。

つるりとした陶器の皿には、和三盆《わさんぼん》を押し固めた初夏の干菓子《ひがし》。この時季らしくこいのぼりや桔梗《ききょう》がかたどられている。薄青い玻璃《はり》の皿には清流を模した生《なま》菓子が、その隣は手作りのクルミたっぷりのクッキーが小山になっていた。

どれも志保《しほ》が持たせてくれたものだった。

茜は陽時に求められるまま、絵のことをぽつぽつと話した。

喫茶店のマスターである宏隆《ひろたか》にひと月前、青藍がこの絵をあずけられたこと。その依頼人、村雨静《むらさめしずか》は、ぼんやり遠くを見つめる絵の女を母と呼んでいたこと。本当の母は静が幼いころに出ていってしまったこと。

静の心の中には、まだ笑わない母の姿があって——絵の女を笑わせることで、心の母の笑顔を思い出せるかもしれないということ。

傍《かたわ》らから視線を感じてそちらを向くと、青藍がさっと目をそらしたところだった。

すっかり冷めた湯飲みに茜は茶を注ぎ足した。うんうんと相槌《あいづち》を打ちながら話を聞いてくれる陽時の存在が、今日はどこか心強かった。

陽時がふうん、と腕を組んだ。月下のさざ波に似た金色の髪がふわりと揺れる。その瞳がきゅう、と細くなった。

「笑わせるって、描き足せってことかな。でもこれ肉筆《にくひつ》じゃなくて錦絵《にしきえ》だよね」

「錦絵って、浮世絵《うきよえ》のことですか？」

うん、と陽時がうなずいた。

錦絵とは、浮世絵と呼ばれる絵画の中でも、多色刷りの木版画のことをさす。主《おも》に江戸時代から広まったものだ。

肉筆は筆で描いたもの、木版画は木の板に絵を彫り込み、絵具で色をつけて刷《す》り上げる手法で、同じものを何枚も作るときに使われる。当時は芝居の役者絵や美人画などが大量に刷られ、大衆が安価で手に入れることができたそうだ。

茜は掛け軸を見下ろして、へえ、とつぶやいた。

「これも錦絵なんですね」

いわゆる浮世絵と呼ばれるものの中で、茜が知っているのは、線にも色使いにも大胆な迫力があったような気がする。けれど、この絵は違って見えた。

着物の紺《こん》色の濃淡は淡く繊細で、足元の影は消え入りそうなほどはかなく表現されている。女の髪はひと筋までが彫り込まれ、そのつややかさは筆で描いたようにすら見えた。

傘の先端からこぼれ落ちる滴《しずく》が地面に波紋を描いている。橋の上にぽつり、ぽつりと立ち並ぶ街灯が、長い影を伸ばしていた。

着物にも傘にも深い影が描かれ、数色が重ねられた空は遠く広く奥行きを感じさせた。

「明治時代の初めに、こういう錦絵が作られたことがあったんだよ。光線画《こうせんが》っていうんだけど、その影響を受けてると思うよ」

幕末に世の理《ことわり》が変わり新しい時代――明治が始まった。画壇も技術も絵具でさえもさまざまに変化する中、浮世絵もまた海外の手法を取り入れて発展するようになった。

その中で生まれたのが光線画と呼ばれる絵だ。

それまでの錦絵よりもいっそう写実的で、光や影が織りなす陰影が、風景を際立《きわだ》たせるように描かれたものだ。

青藍の指先が、柔らかな羽が触れるように滑っていく。口元が薄くつり上がり、瞳の奥がゆらゆらと水面《みなも》のように輝く。

「古いとか新しいとか、そんなんはどうでもええ。――でもそのときどきでだれかが、美しいものを追究してたことだけはたしかや」

青藍の唇からこぼれ落ちる「美しい」は茜の心を妙に波立たせる。

美しいものに吸い込まれるように惹《ひ》かれているこの人を、ずっと見ていたいとそう思うのだ。

しばらくそうしていて、茜はふいに首をかしげた。

「これ、雨なのに影が落ちてるんですね」

女や街灯の足元、橋をうつす川面には濃く長い影が落ちている。空は暗く雨も降っているのにと不思議に思ったのだ。

「ほんとだね」

薄曇りの空や街灯の明かりに照らされているにしては、焼きつくように濃く見える。

そうつぶやいた陽時を押しのけるように、青藍がぐっと前かがみになって真上からその絵を見つめた。

やがて、わずかにその目を見開いた。

「ああ……そうか、足りへんのや」

いいか、と前置きしておいて青藍はその指を、女の着物に滑らせた。

「着物の衿《えり》と帯、それから模様の牡丹《ぼたん》までが白いんは、味気《あじけ》ないとは思てた」

言われればたしかに、女の着物はそこだけがぽかりと白く浮いているように見える。

「それに茜が言うとおり、長い影が落ちてるのに光源があらへん——この絵には、色が一つ足りへんのやと思う」

「ああ、色が抜けてるんだ」

陽時がうなずいた。

これらの木版画は一枚の下絵をいくつもの版木に彫り分ける。それぞれの版木に色をつけて重ね刷りをすることで一枚の絵になるのが、錦絵をはじめとする多色刷りの手法だ。

「ときには何十回って重ねるから、色がずれたり、刷り忘れて抜けたりすることがあるんだよ」

では、この絵には刷り忘れられた色があるということだ。

「じゃあ、なんの色が足りないんですか」

青藍は茜の質問に答えることなく、かわりに女の傘をさした。紺色の和傘だ。

「これは雨が降り始めたから傘をさそうとしてるんやと思てた。でも傘からはすでに雨の雫《しずく》が滴《したた》ってるし、雨が降ってる右と反対側、左の川には波紋が描かれてへん――これは逆なんや」

ああ、と茜は目を見開いた。

「……これ、雨が止《や》んだから、傘を閉じようとしてるんだ」

青藍がゆっくりとうなずいた。

――川面に叩きつけるように降っていた雨は、女が四条大橋《しじょうおおはし》をわたるころにはずいぶんと弱くなった。

さしている傘をそうっと閉じる。

ぽたりと傘の先端から雫がこぼれ落ちて、濡れた地面にわずかな波紋を描いた。

時刻は街灯が、かすかにともり始めるあたり。

雲が晴れると、女の後ろには長い影が揺れる。顔を上げた先には雲間から——鮮烈な夕日が揺れている。

「……赤だ」

思わず、そうつぶやいていた。青藍がうなずいた。

「もしそうなら……わざわざ、笑わせる必要なんかあらへん」

顔を上げた青藍の、その瞳には好奇心の光がきらきらと輝いているように見えた。


明治時代、文明開化のころ。日本画には独特の鮮烈な赤色が使われるようになった。

それらは主《おも》に、洋紅《ようこう》と呼ばれていた。

原料の多くは西洋から輸入された外来染料だ。明治時代の日本画には、この目の覚めるような赤色で彩られているものがある。赤絵や開化絵と呼ばれた。

赤みがかった砂のような絵具を白い小皿に溶かし、膠を混ぜてくるくるとなじませていく。じわりとにじむその色は文明開化の音のする、鮮やかな赤色だ。

目がちかちかするようなその色に、青藍は知らず知らずのうちにぐっと眉を寄せていた。

そのいっそ屈託のないまばゆさは、当時もたらされた新しい文化であり、時代であり
――そして目にすることのない異国へのあこがれそのものかもしれないと思う。

……彼女が見上げては思いを馳《は》せる、遠い国の空のように。

ふと息をついた。ずいぶんと気が散っている。

手持ちぶさたに絵具をかき混ぜているが、もう十分使えるはずだった。ただ、筆を持つ気が起きないのだ。

このまばゆい赤をどう使うべきなのか、青藍にはわからない。

こんなことは初めてだった。

「――青藍さん」

控えめに呼びかけられて、青藍は絵具の皿を畳に置いた。「入《はい》り」と答える。障子《しょうじ》を引いて顔を出したのは、先ほど陽時とともに出ていったはずの茜だった。

「今夜、お仕事するんですよね」

茜はその手に盆を持っていた。小鉢が二つ、桜海老と小松菜《こまつな》の白和《しらあ》えと、稚鮎《ちあゆ》の竜田揚《たつたあ》げがそれぞれ盛られていた。

青藍は、傍らに用意してあった酒器を見やった。玻璃《はり》の徳利《とっくり》とそろいの猪口《ちょこ》、よく冷や

した酒がまだたっぷりと入っていて、甘い米のにおいがした。

絵を描くときに青藍が酒を嗜《たしな》むのを茜は知っている。体に悪いと小言をはさみながら、茜がいつも肴《さかな》を用意してくれるのだ。

「青藍さん、見てください」

はしゃいだ様子で茜が盆を差し出した。脚の長い小さなグラスが添えてある。

「食器棚から見つけたんです。ほら、明治時代の絵のお仕事だから、こういうのそれっぽいじゃないですか」

「明治っぽいて……これは月白《つきしろ》さんが、どこかでもろてきたリキュールのおまけや」

呆れた顔でそう言って、青藍は片手で徳利からグラスに酒を注いだ。八角にカットされたグラスがきらきらと電灯の光をはじいて、なるほど、たしかに雰囲気がある。

「これからお仕事ですよね。お邪魔しました」

茜が気おくれしたように、じゃあ、と腰を浮かせた。

その視線が惜しむように青藍と、置き去りにされた絵を見つめているとわかった瞬間。思わず、口からこぼれ落ちた。

「見ていくか」

わずかに茜の目が見開かれて、笑った。それが見たかったのだと素直に思った。

「いいんですか」

茜の瞳が輝き始める。その揺らぎの中に——鮮烈な赤を見た気がした。

そうして気がついたのだ。つい口に出していた。

「茜——おまえの話が聞きたい」

人はそれぞれ見ている色が違うのだと、かつて青藍の師は言った。同じ色でも人の感情によって、思いによってさまざまに移り変わる。

この色もそうだ。青藍の中に開化に震えたこの赤はない。

世界が広がるのは彩りが広がることだ。

この子の瞳に揺れるこの色が欲しい。見たことのない景色と異国の空を。

「……聞いてくれるんですか」

茜の唇がほろりとほころんだ。

「聞きたい。何を見た、どんな空の色やった。どんな話をした——おまえは何を思った？」

それを知りたい。知りたくてたまらない。

おまえが心に抱《かか》える色はきっと、ぼくの見たことのない色だ。

——甘く華やかに香る紅茶は、何度試してもメイのそれを再現することができなかった。

友人たちと——みんないろいろな国からやってきた留学生だった——旅行者気分で入ったカフェでは、今度は種類が多すぎてちっとも選べなかった。

パンとスコーンは、人生でこんなにおいしいものを食べたことがない、と十カ月の間に何度も思った。焼き立てのスコーンがこんなにバターが濃く香るものだと、茜は知らなかった。

休暇中に訪ねたホストファミリーの親戚の村は、スコットランドにあった。すがすがしいほどの青空の下に、美しい山肌が見えた。

ドーヴァー海峡を越えてフランスに、スペインに、イタリアにも遊びに行った。

「空はいつも曇ってて、よく雨が降るんですけど、その雰囲気は日本に似てて——……」

茜はそこで口をつぐんだ。

迷いを得て止まっていた青藍の筆が、するりと紙の上を滑り始めたからだ。こうなるともう、茜の言葉は届いていない。

青藍の瞳に異国の赤が揺れている。塗りこめている洋紅がうつったようだった。

それとも、茜の話がその瞳に色を宿らせたのだろうか。

筆先ですくい取った、その赤をのせていく。

牡丹と衿は色が均一に入るように、瞳に揺れる赤がにじむように頬を染め、唇には紅を点《さ》す。

町の奥に沈む夕日に染め上げられた空は、目の覚めるように鮮やかだった。

本当のところ、茜がその絵を見ていたのはそこまでだ。

あとはずっと、青藍の横顔に釘付けだった。

いつもどこか眠たげな瞳にはめいっぱい光が宿り、溺れるように深く静かに集中を増していく。

身じろぎすら許されない緊張感で満ちているのに、紙を滑る筆のかすかな音の、その心地よさに、目を閉じてしまいたくなる。

この人が絵を描くさまが、何より好きだと気がついたのはいつだろうか。

ふと顔を上げた先、障子の隙間から月のない夜空が見えた。

街の明かりにぼんやりと照らされた空は、なお負けじと一等星のみが輝いている。

鮮やかな異国の空は茜の行く先を照らしてくれた。心が沸き立ち、これ以上ないたくさんの経験をもたらしてくれた。

けれどいつだって心のどこかに、足りない色が一つあったのを覚えている。

それはほのかな星を抱く、静謐《せいひつ》に満ちた美しい青――青藍の色だった。

4

翌週の日曜日、青藍《せいらん》と茜《あかね》は一乗寺《いちじょうじ》の静《しずか》のもとを訪ねた。

そのマンションは、喫茶一乗寺からすぐそば、住宅地の奥まった場所にあった。築五十年ほどだそうだが外壁はオフホワイトに塗り替えられ、エントランスは清潔で、丁寧《ていねい》に管理されていることをうかがわせる。

その六階、角部屋が静の実家だった。

迎えに出た静は、ブラウンのシャツに前開きのパーカーを重ねていた。

「おじいさんとおばあさんが亡くなったあと、ここはおれと父さんの二人暮らしやってね。しばらく前におれが家を出て、今は近くに住んでる。父さん今日は仕事やし、遠慮せんと上がって」

静は慣れた様子で茜たちをリビングに案内してくれた。

家の中はよく整頓されていた。

物は少なく、リビングには大きなテーブルが一つと椅子が四つ。二つある部屋はどちらも開け放たれている。部屋の端には三社分の新聞が積み上げられていた。

椅子に案内された茜と青藍の前に、静が湯飲みに入った茶を置いてくれる。とたんに、青藍の眉間《みけん》がぎゅっと引き絞られたのがわかった。

くるぞ、と思う。

「茜──」

「だめです」

その先を聞く前に、茜はかぶせ気味にきっぱりと首を横に振った。

青藍はよその家で口にものを入れるのが苦手だ。宏隆《ひろたか》のコーヒーのほうが例外で、ふだんは外食もほとんどせず、大切な会食もしょっちゅうほったらかして帰ってくる。

その上、出されたものに手をつけずに、よそで茜に茶を淹《い》れろというのである。

「……嫌や」

唸《うな》るような声がしたが茜は無視を決め込んだ。

父の喫茶店で手伝いをしてきた茜としては、出されたものに口もつけずに粗末に扱うなど、あってはならないことだと思うからだ。

この件についてはいつも頑として茜が折れないので、青藍が諦《あきら》めたようにしぶしぶ湯飲みに口をつけた。とたんに唇をへの字に曲げる。

「……………まずい」

「青藍さん！」

あわてて向かいをうかがうと、静は気にさわったふうもなく、あっけらかんと笑った。

「あ、やっぱり。ふだん自分で茶とか淹れへんからさ、適当にやったけどあかんかった？」

青藍が湯飲みをテーブルに置いて、もう触れたくもないというふうにやや身を引いた。

そこまでか、と茜もおそるおそる湯飲みに口をつけて――。

たしかに、と頭を抱《かか》えそうになった。

「その………失敗したのかな、と思います」

言葉を選ぶつもりが、失敗したのは茜のほうだ。

薄いくせに渋みだけが舌にひりつくようにまとわりついてくる。たぶん茶葉を入れすぎたのと、葉が開くのを待つ前に中身を湯飲みに注いだせいだ。

静が自分もひと口飲んで、首をひねった。

「ええ、こんなもんとちがうかな」

「宏隆さんの店で常連やっといて、あんた、どういう舌や」

口元をひくつかせた青藍に、静はけろっとした顔で言った。

「宏隆さんにもたまに言われんねんなあ、おまえにコーヒー出すのはもったいないって」

ちっとも悪びれたふうのないその様子に、なんだか毒気を抜かれてしまう。

青藍は湯飲みをそのままに立ち上がると、テーブルの上に例の掛け軸を置いた。象牙《ぞうげ》の留《と》め具を外して巻緒《まきお》をほどく。かすかに新しい絵具のにおいがする。

静の顔が緊張したのがわかった。

「この絵はたぶん明治時代中期ごろの錦絵《にしきえ》や。多色刷《ず》りの版画で、その少し前にあった、光線画《こうせんが》ていう手法が取り入れられてた」

青藍の長い指がするりと掛け軸を広げる。藍《あい》色の天、その先に一文字《いちもんじ》はない。

「この絵は、もともとたぶん一色抜けてたんやろうと思います。あんたはこの人を笑わせてほしいて言うたはったけど、ぼくがやったのはこの一色を足しただけや」

怪訝《けげん》そうな顔をした静の目の前で——その鮮烈な赤が姿を現した。

一度見たはず茜も、息をのんだ。

たった一色足し入れた、異国の赤だ。

着物の衿《えり》に帯に牡丹《ぼたん》を染め上げ、濃紺《のうこん》の影を生み出すまばゆいばかりの夕日が空を彩っている。

ある夕暮れ、降りしきる夕立が上がり、雲間からはあたりを焼き尽くすような夕日が差し込んで——。

彼女は傘を畳んで、その夕日を一身に浴びている。

頬に、目元に、瞳の奥に、唇に、赤が足されたことで、まるで空に広がる美しいその色に見入って、たしかに微笑んでいるように見えたのだ。

静はその姿に魅入《みい》られたように、しばらく目を見開いたままだった。

やがて口を開いて、閉じて、いつものようにへらりと笑おうとしては失敗して、くしゃりと前髪を握ってうつむいてしまう。

ああ、と絞り出したような声がこぼれた。

「――……笑った」

お母さん、と言ったのかもしれなかった。

「あの人は、いつも台所にいて……」

ひく、と静の声が跳ねる。

――いつも思い出すある日の光景がある。

父と母が別れるしばらく前の日。静が小学校に入りたてのころだ。そのころは神戸のマンションに住んでいて、キッチンにはいつも淡い光が差し込んでいた。

そのただなかに母が立っていた。ぼんやりと窓の外を見つめながら、ほろほろと涙を流している。

帰ってきたよ、と静は母に駆け寄った。

テストで百点をとったんだ。友だちもできた、体育では百メートル走で一位になって……お母さん、大丈夫だよ。ぼくがいるよ。

懸命に話しかける静の言葉は、母には届かなくて。

――ただいま、と。最後にこぼしたそれに返事はなかった。

何度も繰り返した思い出だ。小さな静は泣きそうな顔でその母の顔を見上げて……。

ふいに――さあっと空が晴れた。

窓から差し入るのは、まぶしいほどの赤。心浮き立つ鮮やかさを持っている。

静の目の前で、母がわずかに目を見開いた。

その美しい光にほのかに頬を染めて、口元がほろりとほころんだ。

そうしてまぶしそうに目を細めた母が、やっと今、気がついたようにこちらを見た。


ああ、おかえり、静。


押し出されたように涙があふれた。

テーブルに広げられた絵の中で、異国の赤に照らされた女が微笑んでいる。

ぐいっとパーカーの袖《そで》で涙をぬぐって、静は口元をひきつらせながらなんとか苦い笑みを浮かべた。

わかっている、と静は言った。

この人が笑ったからといって、母が笑うわけではない。

本当の母がいま何をしているのか、静は知らない。成人したときに一度だけ連絡があって、元気にしているようだと父が言っていた。それきりだった。

「こんなん意味ないて、わかってるのに……」

ただあのころの自分への慰《なぐさ》めなのだ。

「三十いくつにもなって、子ども心引きずってて……ほんまに、情けない」

「べつに、ぼくはあんたの母親のためでも父親のためでも、この女のためにでも色を足したんやあらへん。会《お》うたこともない人なんか、どうだってええと思てます」

青藍がふ、と嘆息した。

「この絵は、あのころの、あんたのためのものや」

あのとき悲しかった、あのとき苦しかった……こっちを見てほしかった、それさえ、言うことができなかった。

ただ窓辺にたたずむ母を見上げて、おかえり、を待っていた幼いころの静のためだ。

それはたしかに傷だった。

いつまでも癒《い》えないその傷を笑顔で覆《おお》い隠して、静はここまで笑い続けてきたのだ。

茜はもらい泣きしそうになりながら、手のひらを握り締めた。

きっとだれもがそうだ。それぞれの傷を何かで隠しながら懸命に生きている。

それはときに笑顔であったり、不格好《ぶかっこう》な矜持《きょうじ》であったりするのかもしれない。

「……そうやな」

ほろりと静はそうつぶやいた。

「よかったなあ……」

それはだれに言ったのだろうか。

くしゃくしゃになったその顔は、もう明るさも笑顔も取り繕《つくろ》うことはない。ただゆらゆらと異国の赤を見つめるばかりだった。

そのあと、茜たちはそろって喫茶一乗寺を訪れた。静が礼にもう一度茶を淹れるというので、青藍もそして茜もさすがに固辞したのである。

からりとベルが鳴って、カウンターの椅子に腰かけていた志保《しほ》がこちらを向いた。

「ああ、いらっしゃい――」

泣きはらしたような静の顔と、そして青藍と茜を順に見つめて、やがて何も言わないままいつものように朗《ほが》らかに笑って席に案内してくれた。

宏隆のコーヒーをひと口すすって、静が息をつく。静と茜がぽつぽつと事の顚末を話すと、志保も宏隆も黙ってそれを聞いていた。

「おれ、比奈子《ひなこ》さんに、この絵を見せたことがあるんやけど」

茜ははじかれたように顔を上げた。静がいたずらっぽく笑っている。笑顔の輪郭《りんかく》が少し柔らかくなったのかもしれないと思った。

「笑われると思ててん」

絵の女を母と呼んでいるのだ。けれど比奈子は子どものたわごとだと笑うこともなく、必要以上に痛ましい顔をすることもなく。

ただその手で、小さい頭をそうっとなでてくれたのだ。

それは少しさびしいね、と。

今にして思えば、静が自分でも気づいてすらいなかったその傷を、比奈子は感じ取っていたのかもしれなかった。

「比奈子さんは、おれにとっては優しくて大好きなお姉さんやった。もう伝えられへんけど……茜ちゃんにかわりに言うとく。あのとき、ありがとう」

茜はぐっと唇を結んだ。

茜の母ももう思い出の中にしかいないのだ。

どれだけ時間がたっても、ときおりその瞬間に立ち戻って足がすくみそうになる。それが悲しみで、たぶん茜にとっての傷だ。

はい、と茜はうなずいた。それが精一杯だった。

ふいに、傍らで柔らかな声がした。

「茜」

振り返る。青藍がじっとこちらを見つめている。深い海のような星を抱く夜の色だ。

大丈夫か、と心配そうにその瞳が揺れている。それだけで、たまらなくほっとした。

わたしのそばにいてくれる人が、ちゃんとここにいるのだ。

悲しみは苦しい。

足がとられてその先に進むのをためらう。けれど見上げた先に広がる静かな青藍の空に、また、一歩進もうと思うことができるのだ。


その日の夕食に、お好み焼きを作りたいと主張したのは、すみれだった。

「ホットプレートで作るの。テーブルの真ん中で！」

学校の帰りに買い出しもすませてきたと、誇らしそうに両手のエコバッグをかかげる。

中には大きなキャベツが丸ごと二つ、小麦粉、山芋《やまいも》、ソースにマヨネーズまでがぎっしりと詰まっている。

すでに夕食の準備を始めていた茜は、きょとん、と目を丸くした。

キッチンへ駆け込んできたすみれが、足元の段ボール箱をごそごそと物色し始める。

この段ボール箱は、かつての月白邸《つきしろてい》の住人たちから送られてくるものだ。

この月白邸には、青藍の師である月白《つきしろ》を慕《した》って、売れない芸術家や職人たちが住みついたり、勝手に入《い》り浸《びた》ったりしていた。彼らは月白の死とともにこの邸《やしき》を旅立っていった。

ここには、青藍一人が残された。

おせじにも健康的な生活をしているとは言いがたかった青藍を心配して、彼らが各地からこうして、あれこれと旬の食材を詰めて送ってくれるのだ。

「桜海老がまだあるし、あと冷凍庫にイカがあったから、海鮮お好み焼きができるよね」

茜はちょっと、とすみれの肩を叩いた。

「ねえすみれ、今日はごはん作っちゃってるよ。豚汁と、メバルの煮つけにしようと思ってたんだよ」

「まだ途中でしょ」

そうだけど、と茜は手元を見下ろした。

豚汁用の野菜は切り終えたところ、スーパーで安く売っていたメバルはまだパックに入ったままだ。

「じゃあそれは明日」

「明日って……」

茜の呆れた声に、すみれがばっと顔を上げた。

「わたし、茜ちゃんと一緒にごはん作りたい。青藍も陽時《はるとき》くんも一緒に作るんだよ」

その顔が真剣で、気圧《けお》されるように茜はうなずいてしまったのだ。

大きなボウルに、すりおろした山芋と卵と小麦粉、出汁粉を混ぜて水でさっと溶く。その隣ですみれが、大量のキャベツとにらと葱《ねぎ》をざっくりと刻んでいる。

もう踏み台は必要ないけれど、その手つきはよく見るとまだ危なっかしくて、茜はくすりと笑った。

髪を後ろでひとくくりにした陽時が、テーブルの上にホットプレートをセットしてくれた。しっかりとあたためた真ん中で、殻《から》を剝《む》いた海老と、さっとぬめりをとってぶつ切りにしたイカ、豚汁用に細切れにしてしまった豚肉をざっと炒《いた》める。

「これさあ、具が多すぎて海鮮炒めにならない？　おれひっくり返せる自信ないんだけど」

陽時が呆れたように言った。

青藍が横から、お好み焼きのタネをどろりと流し入れている。においがつくからと、青藍は今日、わざわざスウェットとシャツという洋服に着替えていた。

「任せてください」

茜は両手に持ったお好み焼き用の、大きなヘラをかかげた。

「うちにそんなのあったんやな……」

青藍が肩をすくめた。すみれがぱっと手を上げる。

「倉庫の奥から見つけた。なんでもあるよ、このおうち」

へえ、と青藍と陽時が感心したようにうなずいている。すみれはその持ち前の好奇心で、月白邸をあちこち探検しているので、この二人よりも詳しいことがあるのだ。

「茜ちゃんは、いつもお好み焼きをひっくり返す係だったんだ。だからすごく上手なの」

テーブルに手をついて、すみれがぴょんぴょんと飛び跳ねる。

妙にはしゃいだ様子のすみれに、不思議に思った。なんだか少し前の、無邪気で幼かった子どものころのように見えたからだ。

「――焦《こ》げるよ！」

陽時の焦《あせ》った声に、茜ははっと我に返った。

両手のヘラを差し込んで、お好み焼きをひっくり返す。

「よっ！」

華麗に宙を舞った円《まる》いお好み焼きが、どんっと音を立てて、ホットプレートにきれいに着地する。

三人から歓声が上がるのが、妙に誇らしくうれしかった。

円いお好み焼きにソースをかける。じゅわりという音のあとに、香ばしいにおいが立ち上る。仕上げに鰹節《かつおぶし》と青のりをたっぷりまぶした。

お好み焼きを前に、すみれが目を輝かせて――やがて何かをこらえるようにぐっと唇を結んだ。

「……茜ちゃんがいない間、朝ごはんはわたしが頑張ったんだよ」

うん、と茜はうなずいた。

「でも晩ごはんは無理で……お店の人に届けてもらったり作りに来てもらったり、ときどきはお弁当だったりしたの」

青藍も陽時も家事の類《たぐい》が、とくに料理が苦手なことを茜も知っている。茜の留学中はほとんど外注であったと聞いていた。

「おいしかったし、いつもと違うものもたくさん食べられたけど……でもね、やっぱりちょっと……さびしかったよ」

茜はお好み焼きを切り分けようとしていた手を止めた。

青藍も陽時も、じっと黙ったまま二人を見つめている。

すみれはこちらを見ないまま、ただじっとまん円に焼けたお好み焼きを眺めていた。

「すみれ、頑張ったんだよ」

自分のことをわたし、と呼んでいたすみれが、幼さを取り戻したように自分の名を呼ぶ。

「茜ちゃんは、青藍と陽時くんとすみれのこと、いつも考えてくれた。だから茜ちゃんがいない間は、わたしがかわりにがんばらなくちゃって思ってたの」

ああ、だからか、とすとんと腑《ふ》に落ちた。

すみれが、毎日青藍を朝食の席に引っぱってきたことも、ちゃんと食べない青藍に過《か》剰《じょう》なくらい怒っていたことも。

すみれが茜のかわりに懸命に、みんなを守ろうとしてくれていたからなのだ。

「わたしもう中学生だもん。茜ちゃんには茜ちゃんの大事なことがあるって、わかるよ」

すみれが顔を上げた。瞳の奥がゆらゆらと揺れている。

「でも、もうちょっと一緒にいたい」

ぐ、と胸をつかまれたような気がした。

「うん……うん」

それはすみれなりの精一杯の甘えだ。同年代の子たちより大人びて、十カ月、姉のかわりにこの家を守ろうときっと懸命に張り詰めていて。

それがようやく今日、ほどけたのだ。

──青藍の絵を見て茜が、この空を思い出したように。

「ありがとう、すみれ」

それから、茜は思い立ったように、ほろりと言った。

「……ただいま」

今、ここで言いたかった。

すみれがくしゃりと笑った。

「おかえり、茜ちゃん」

異国の空の記憶は鮮烈で、これからも茜の中を鮮やかに照らし出すのだと思う。

けれどたとえば、ほっと息をついたとき、辛《つら》くなったとき、悲しくなったとき……帰りたいと、思ったとき。

どこにいても思い出すのは、この庭の空だ。

東山《ひがしやま》から昇る太陽の黄金、夕暮れと夜のあわいのすみれ色——星を抱いた夜の静かな青藍が、ここが茜の場所だと、きっと思い出させてくれるにちがいなかった。

二　お化けが来る

1

窓を開けると、昇りきったばかりの五月の太陽は透き通るようなまぶしさで、見上げた木々の若葉を色鮮やかに照らし出していた。

庭から吹き込む風の爽《さわ》やかさも、青く晴れた空も、すっかり初夏の様相である。

青空に線を描くように、燕《つばめ》が一匹ついっと飛んでいった。

ピーという機械の甲高《かんだか》い音に、茜《あかね》ははっと我に返った。オーブンの音だ。急《せ》かすようにふたたび音を立てる。

「わかった、わかったって」

だれにともなくそうつぶやきながら、あわててキッチンに駆け込んだ。

オーブンを開けて天板を引き出すと、上にはロールパンの形に成型された生地《きじ》が、規則正しく並んでいる。焼く前の発酵が終わったのだ。

茜が本格的にパンを焼くことを覚えたのは、留学先でのことだ。ホームステイしていた家のホストマザーは、毎週日曜日の朝にパンを焼く人だった。

難しく時間のかかるものだと思っていたが、材料や種類を選べば案外そうでもないらしい。料理が好きな茜は彼女に頼み込んで一緒に作らせてもらっていたのだ。

それがそのまま、茜の日曜日の習慣になりつつあった。

日曜日の朝、日が昇るころ。すみれも青藍《せいらん》も陽時《はるとき》も、みなまだ寝入っている時間にひっそり起きて準備をする。

ボウルに粉をふるい、卵やバター、砂糖を混ぜてさっくりとまとめあげる。しばらく発酵させている間に、たいてい日はすっかり昇りきって、庭に明るい光が差し込んでくるのだ。

生地を成型してオーブンでさらに発酵させている間に、窓を開けて風を通す。そのほんの十五分ほどの時間は、木々の影が風に揺れているのを見ていると、いつもすぐに過ぎてしまうのだ。

余熱が終わったオーブンに天板を戻して、更に十五分。

茜はとうとう手持ちぶさたになって、カウンターからリビングを見回した。

ラグに横たわるソファの長い影、窓のそばで揺れる葉の影、カーテンの隙間《すきま》から吹き込むからりとした初夏の風。

休日の朝に一人でこうしていることが、茜は案外嫌いではない。この特別な朝の景色を独り占めできるのも、悪くないと思うから。

オーブンが赤々と輝くのを見つめながら、茜はコーヒーを淹《い》れることにした。自分しか飲まないから、インスタントで。朝の一杯目はたっぷりとミルクを入れる。

ちらりとキッチンの端を見やると、茜が帰ってきてからすっかり使われなくなったコーヒーメーカーが、コンセントも束ねられて追いやられていた。申し訳ないと思いながら、してやったりという気持ちにもなる。

マグカップを片手に、茜は椅子に腰かけた。

この一杯を飲んだら朝ごはんの準備をしよう。今日はベーコンと目玉焼きを焼いて、コーンスープはインスタントでもいいか。

段ボール箱の中にはたしかまだ、八朔《はっさく》が残っていた。ごつごつとした分厚い皮の八朔は、そろそろ旬《しゅん》も終わり、ちょうど熟して甘酸っぱい芳香をただよわせている。

それを剝《む》いてヨーグルトの中に入れて、蜂蜜をたらすのもいい。

そういえば目玉焼きは、焦《こ》げた白身が苦手な人がいるから……とつらつら考えていると、かく、と首がかしいだ。

危ないな、とぼんやり思いながらマグカップをテーブルに置く。

ぽかぽかとあたたかくほどよく薄暗くて、風に誘われるようにす、と瞼《まぶた》を落としたときだった。

「おはよう！」

弾《はじ》けるような声が、掃き出し窓の向こうから飛び込んできた。カーテンの向こう、庭ですみれがぶんぶんと手を振っている。

「おはよう……」

ぼんやりつぶやくと、すみれがけらけらと笑った。

「寝てたでしょ。昨日張り切って夜更《よふ》かししてたからだよ」

「ええ、べつに張り切ってないよ」

「嘘。夜中に布団の中で、レシピの検索してたじゃん。青藍にロールパン食べたいって言われたからでしょ」

茜はぐっと口をつぐんだ。気づかれていたのか。

昨夜テレビで、バターたっぷりのロールパンが特集されていた。それを見た青藍がぽつりと「食べてみたい」と言ったのだ。茜の知っているレシピにはなかったから、深夜にあわてて調べたのである。

「違うって。わたしが食べたかっただけ」

焦《あせ》って立ち上がった瞬間に声が裏返った。それですみれがまた笑う。

「そう？　わたし、青藍に食べさせたいんだと思ってたよ」

返す言葉を探して視線をさまよわせているうちに、すみれはささっと身をひるがえした。

「わたし、青藍起こしてくるね」

掃き出し窓から身を乗り出すように、茜はその姿を目で追った。

ピンで留《と》められた髪が跳ねる。日曜日なのにすみれは制服で、月白邸《つきしろてい》のうっそうと植物が茂る庭の石畳を躍《おど》るように駆け抜けていく。

青々とした樫《かし》の木、たっぷりと葉を茂らせた桜、紅葉《もみじ》は瑞々《みずみず》しい黄緑の葉を空に平たく伸ばし、まるで切り絵のように空に碧《あお》い星が散っている。

その根元に、杭で仕切られた小さな囲いがある。すみれがそのそばで足を止めた。

「咲いてるー？」

叫ぶように問う。そこはすみれの〝庭〟だった。

小学生のとき、学校の課題で庭にひまわりを植えたのがきっかけで、すみれは月白邸の庭にいろんな草花を植えてみるようになった。

だがこの庭はよく言えば豊かな――つまりは放置された雑多な植生になっていて、自然界の弱肉強食がそのまま、しっかりまかり通っているのである。

すみれがそのとき蒔《ま》いたマリーゴールドは、周囲の植物に栄養を取られたのか鳥についばまれたのか、ついに育たなかった。

それがそうとう悔しかったのだろう。

その年の冬、すみれは青藍に許可をもらって、庭の二メートル四方を自分の領域として開拓した。

せっせと枯れた草を抜き石を拾った。肥料を混ぜて土をおこし鳥よけまでつけて、春になってふたたび種を蒔いた。

そしてその夏、一年越しに、オレンジ色のマリーゴールドが咲き誇ったのである。

この負けず嫌いはだれに似たのだろうと茜は思ったが、努力家で変に真面目《まじめ》なところはそっくりだと青藍に笑われたのを覚えている。

それから今もずっと、その場所はすみれだけの庭だ。

初夏から秋にかけて花をつけるマリーゴールド、ミニバラの鉢に紫色のカンパニュラ。去年からラベンダーを育てていて、こちらも紫の花がもうぽつぽつとついている。

そして今年から、どこで見つけたのか大きな鉢に水をためて、睡蓮《すいれん》を育て始めていた。

数日前からつぼみが大きくなっていて、いつ咲くのかと茜も楽しみにしていたのだ。

まじまじと鉢をのぞき込んで、やがてすみれが満面の笑みで顔を上げた。

「咲いてる！」

両手で大きな丸を作って、ぴょんと飛び上がる。軽く手を振るとうれしそうにぶんぶんと振り返してくれた。

「咲いた、青藍、睡蓮咲いたよー！」

すみれが飛ぶように青藍の離れに走っていく。

スカートがふわりとひるがえる。

中等部の制服は、ちょうどすみれの代でデザインが変わった。緑の混じるチェックのプリーツスカートがふわりと春風になびく。つやつやに磨かれたローファーが、石畳を一つ飛ばしで踏む。

軽やかに、まるで夏のつむじ風のように。

そのまま、どこかに飛び立ってしまいそうだった。

離れの障子《しょうじ》をスパン、と引き開ける音がする。外からすみれが叫んでいるのが聞こえた。

「──青藍、起きろー！」

すみれはいつの間にか、よほどのことがないかぎり青藍の部屋に駆け込まなくなった。

本人いわく、わたしはもう大人だからね、ということらしい。

「ねえって！　睡蓮咲いたんだよ、早く！　五分で布団からでないと、茜ちゃんのパン、わたしが食べるからね。青藍には一個も残らないんだからね！」

その瞬間、もご、ともガタともつかない音がした。太陽より明るいすみれの笑い声だけが弾けたのが聞こえる。

茜はキッチンへ戻った。

朝の一人静かな時間も終わりだ。あと数分もすれば笑顔のすみれと不機嫌そうな青藍が、暖簾《のれん》を上げてリビングにやってくる。

風に乗って、庭に引きずり出されたであろう青藍と、睡蓮が咲いたとはしゃぐすみれの声が聞こえてくる。

茜は自分の口元が緩《ゆる》んでいるのがわかった。

茜は一人の朝が好きだ。それはたぶん、だれかが起きてくるその瞬間を、やがてここに弾ける笑い声を、想像しながら待つのが好きなのだ。

それが自分の幸せなのだと、茜はよく知っている。


初めて作ったロールパンは、大成功だった。バターを塗った背はつやつやと輝いていて、香ばしいにおいが鼻を抜けていく。口に含むとほわりと甘いにおいがして、次の瞬間には口の中にとろけたバターがあふれるのだ。

それらしく籐籠《とうかご》に盛ってテーブルの上に置いてみたのだが、青藍も陽時も次々手を伸ばすので、もう残り半分ほどになっている。

三つ目のロールパンをもぐもぐと咀嚼《そしやく》したあと、陽時がそういえば、と口を開いた。

「すみれちゃん、なんで今日制服なの？」

「部活」

切り分けた八朔をヨーグルトに入れながら、すみれがテーブルの上で手をさまよわせていた。陽時が蜂蜜の瓶を渡してやる。

「先生が午前中、美術館につれていってくれるんだ」

そこの、とすみれが指したのは、平安神宮《へいあんじんぐう》のそばにある大きな美術館の方向だった。

すみれが中等部で美術部に入部したと聞いたとき、茜は少なからずおどろいた。てっきり運動部に入るものだと思っていたからだ。

幼いころからすみれは運動全般が得意だった。中等部では入学直後から、噂を聞きつけた複数の運動部にスカウトされていたのも知っている。

その並みいる運動部からの誘いを、けれどすみれはあっさりと断った。

美術部でやりたいことがあるのだと言って。

「部活、楽しいか」

コーヒーをすすった青藍が、ぽつりと言った。

「楽しい！　美術室って青藍の部屋みたいで、絵具も画材もたくさんあるんだ。それにわたし、デッサンがすごく上手だって褒《ほ》められたんだよ」

いつか、とすみれがその瞳に、きらきらと星を散らす。

「わたしも、青藍みたいに絵を描くんだ」

そこには若々しいあこがれだけが詰め込まれていて、そのまぶしさになんだか、きゅうっと胸をつかまれたような気持ちになるのだ。

青藍が唇を結んだのがわかった。

懸命にこらえているけれど、その端がむずむずとほころびそうになっている。目じりが柔らく下がって、今にもとろけだしそうだった。

それを見た陽時がニヤっと笑った。

「青藍、顔に出るようになったなあ」

「……うるさい」

青藍がそっぽを向いた。あれは照れているときのしぐさだ。それがおかしくて、茜とすみれは顔を見合わせて笑った。

せっかく一緒に暮らしているのだから、うれしさも楽しさもおどろきも――ときには悲しみや辛《つら》いことも、こんなふうにもっとたくさん分け合っていきたい。

籐籠に盛られたパンがすっかりなくなったころ。すみれが口を開いた。

「あのね、青藍にお願いがあるんだ――児童館のことなんだけどさ」

後片付けを始めようとしていた茜は、手を止めた。

すみれは初等部を卒業して中等部に入学してからも、週に二度ほど児童館に顔を出していた。子どもたちの勉強を見たり一緒に遊んだりするボランティアのためだ。

すみれが続ける。

「来週の日曜日、児童館の子たちを、ここに呼んじゃだめかなあ」

「……うちに?」

青藍が怪訝《けげん》そうに眉を寄せた。

「うん。児童館の広場に、業者さんが入るんだって」

広場の木を剪定《せんてい》するために定期的に呼んでいるそうだ。その間、広場が使えなくなってしまうので、いつもなら児童館は臨時休館日になる。

「でも日曜日に児童館が開いてないと困る子もいるでしょ。だから業者さんが入ってる時間だけ、社会見学って形でうちに呼ぶのはどうかなって」

ここの植生は多彩で、児童館の広場では見ることがない植物や昆虫を観察することができるし、何より広く塀に囲まれているので、子どもたちが全力で遊んでも、声が漏《も》れるのを気にする必要もない。

「わたしと、あと先生も一緒だから。みんなの面倒見るから」

青藍の口元が「断る」の形に開こうとするのを見て、すみれがすかさず言い募《つの》る。

「お願い、青藍」

青藍が迷っているのがわかった。この人はすみれの〝お願い〟にとても弱いのだ。

けれど青藍とて、簡単にうなずくことはできないのだろうということもわかる。

月白邸は青藍にとって特別な場所だ。

大切な家であり――師である月白《つきしろ》から受け継いだここだけが、青藍が心置きなく安心できる場所なのだ。

「すみれ、青藍さんに迷惑がかかるよ」

そしてそれは、すみれもわかっているはずだった。

押し黙ったすみれが、でも、と抵抗するようにつぶやいた。しばらくためらったあと、ぽつりとこぼす。

「……日曜日に行くところがないと、困る子がいるんだ」

――すみれがその子、八十明偉斗《やそめいと》のことを知ったのは、ほんの偶然だった。

今年小学三年生になった、男の子である。

「最近、児童館に来るようになったんだ。……週末だけ」

どちらかというと一人でいることが好きなようで、いつも児童館の図書コーナーで一人で本を読んでいた。

その日曜日、友人たちと遊びに出ていたすみれが、近くの公園を通りかかったときだ。夕暮れの迫る公園で明偉斗は一人、ベンチに座ってそばの木を見上げていた。

桜の木だった。

土日に児童館が閉まるのは、午後五時。そのときすでに、六時半を回っていた。

こちらに気づいた明偉斗と目が合った。すみれが声をかける前に、明偉斗がわずかに目を見開いて、そうしてほろりと顔をほころばせたのだ。

「——山桜のおうちの人や」

きょとんとしたすみれに、明偉斗はベンチのそばに生えている、桜の木を指したのだ。

「これはソメイヨシノ。お姉さんのおうちには山桜があるやんな。すごいなあ」

すみれはそれでようやく、月白邸のことを言っているのだと気がついた。白い塀にぐるりと囲まれたあの邸《やしき》は、塀の向こうにあふれる草花が見えるのだ。

その中に、たしかに桜の木もあった。

明偉斗は一つひとつゆっくりと話す癖《くせ》があるようだったが、饒舌《じょうぜつ》だった。とくに自分の好きなことについては。

公園や児童館に咲いている桜は、ソメイヨシノ。たいていは花が散ってから緑色の若葉が伸びる。それに対して山桜は花と一緒に赤色の葉をつけるらしい。

街灯の光に照らされて、きらきらとその瞳が輝いている。

明偉斗は植物や動物について調べるのが好きなのだと言った。

すっかり話し込んで、時計の針がそろそろ七時を回ろうとしたところで、すみれは思い出したように言った。

「そろそろ帰らなくちゃ。おうちの人が心配するよ」

明偉斗の住む二階建てのアパートは、公園のすぐ裏にあった。家の前まで送り届けると、明偉斗はぐずるように頭《かぶり》を振った。

「金曜日と土曜日と日曜日は、帰りたない」

どうして、と問うと明偉斗は言った。

「──お化けが来るから」

その目は街灯の光をうつしているはずなのに、底の見えない深淵の色をしている。

すみれが戸惑《とまど》っていると、明偉斗はやがて「なんでもない」と首を横に振った。ぱっとアパートの外階段を駆け上がっていく。

自分を見上げるすみれの視線に気がついたのだろう。足を止めて明偉斗がこちらを見下ろした。

「山桜のおうちにも――お化けが来る?」

すみれはどう答えたものかわからなかった。すみれも小さいころは、月白邸のあの雑然とした庭には何かがひそんでいるような気がして、恐ろしかったこともある。

でもそれは気のせいだろう、と思えるぐらいには、自分も子どもではなくなった。

「うちには、お化けはいないよ」

そう、と明偉斗はつぶやいた。よかったね、と吐息《といき》のようにこぼして外廊下を駆けていく。二階の左から三番目、中から明かりが漏《も》れるその扉に小さな背中が吸い込まれていくまで、すみれはその言葉をぐるぐると考え続けていた。

――それからずっと、すみれは明偉斗のことが気になっている。

「明偉斗くんは、週末は絶対に児童館にいるんだ。閉まってからもしばらくは、近くの公園にいるみたい」

日曜日に児童館がなくなると、一日あの公園で過ごすのかもしれないとすみれは言った。

家には、お化けが来るから、と。

その理由を明偉斗は話してくれない。すみれが立ち入っていいことなのかもわからない。だからせめて。

「わたしにできることは、なんだろうって考えた」

そうしてすみれは日曜日、月白邸に子どもたちを呼ぶことを思いついたのだ。明偉斗が目を輝かせていた、この山桜のおうちに。

「ここなら明偉斗くんは、日曜日に公園で一人で過ごさなくてもいいし……山桜もいっぱい見られるし、いろんなお花も木もある。……それに」

すみれがぐっと手のひらを握り締めたのがわかった。

「ここにはお化けはいないよって、きっと安心させてあげられると思う」

お化け、が何かはわからないけれど、あの明偉斗の瞳を塗りつぶす黒々としたおびえから、少しでも遠ざけてあげられるのかもしれない。

「おせっかいだって怒られたら、わたしがちゃんと謝るから」

その真剣な顔に、茜は胸をつかまれたような思いだった。

自分で考えて答えを出すことのできる妹が誇らしくて、そうして悔しい。

偽善とかおせっかいとか今さらだとか、そういうたくさんの言い訳を呑んで、さらに前に進む力と手段が欲しくて、茜は教師になるというこの道を選んだのだから。

茜と陽時と、そうして青藍は互いに顔を見合わせた。陽時がきゅう、と目を細めてすみれを見つめている。とてもまぶしく美しいものを見るように。

「どうすんの、青藍」

結果はわかりきっているとばかりに、陽時が苦笑していた。

人嫌いで邸に引きこもっていて、絵だけを心のよりどころにしているはずのこの人は、本当はとても優しくて、何よりだれかの心に寄り添うことのできる人だと、みんなちゃんと知っている。

しばらくの沈黙をはさんで、やがて青藍は不承不承《ふしょうぶしょう》、といったふうにうなずいた。

すみれがぱっと顔を輝かせる。

「じゃあ、部活から帰ってきたらちゃんと説明する。夕ごはんまでには帰るから」

立ち上がったすみれは、てきぱきと朝食の皿をまとめるとキッチンの流しに置いた。食事作りに携《たずさ》わらないかわりに、食器洗いなどの後片付けは青藍と陽時の仕事なのだ。

青藍が首をかしげた。

「夕食て、部活は午前中なんやろ」

美術館は、徒歩にして十分もかからない場所にある。うん、とすみれがうなずいた。

「お昼ごはんはいらないって、茜ちゃんに言ってあるよ——だって」

「あっ、すみれ」

茜ははっと気がついてすみれに手を伸ばした。それはまだ話さないほうがいいと思っていたからだ。

けれどすみれは、穏やかな朝食の席に、こともなげに爆弾を放り込んだのだ。

「部活のあと、彼氏と河原町《かわらまち》でデートなんだ」

一瞬の沈黙ののち。場は騒然となった。

「彼氏⁉」

椅子を蹴立てて立ち上がったのは陽時だ。両手をテーブルについて、おろおろと視線を泳がせている。

「うん」

「いつから⁉」

ええと、とすみれは空の籐籠を片手に、視線を宙に投げた。

「春ぐらい」

「そんな前から……」

「茜ちゃんは、たぶん気づいてたよね」

すみれに問われて、茜はうわっと思った。青藍と陽時の視線がぐるんっと音でもしそうなほどの勢いでこちらを向いたからだ。

仕方なく茜はうなずいた。直接聞いたことはないけれど、まあそうだろうなとは思っていたからだ。

最近すみれは、週末によく遊びに出るようになった。夜中にスマートフォンでだれかと話していて、映画を見に行こうとかプラネタリウムに行こうとか、楽しそうに予定を立てているのを聞いたのも、一度や二度ではない。

その通話のあとにすみれが一人、はにかんだように笑っていた。

笑顔の端々《はしばし》に初々《ういうい》しい甘やかさがこぼれ落ちていて、なるほど、どうやら相手はただの友だちではなさそうだと気がついたのだ。

陽時が不満そうに唇を尖《とが》らせた。

「茜ちゃんはいいの？」

「すみれはもう中学生ですし、そういうのは自分で決めることです」

今のところ二人で遊びに出かけるぐらいのようだし、すみれがだれを好きになってだれと恋人同士になるのか、姉である自分が口を出すことではない。

でも、と茜は、ちらりとすみれを見やった。

妹の恋人というのも、やっぱりそれなりに気にはなるのである。恋バナというものは総じてわくわくするものなのだ。

「ねえすみれ、同じ学校の人？」

「うん。小学校から一緒で、児童館でもときどき遊んでたんだ」

野々宮郁人《ののみやいくと》、という同じ学年の男の子だそうだ。

すみれも実のところ、話したくてうずうずしていたのかもしれない。唇をむずむずさせて、もったいをつけながらも案外すらすらと教えてくれた。

クラスも部活も違うから、遊ぶのは休みの日が多いこと。昼ごはんはときどき一緒に食べること。勉強は郁人のほうができるけれど、運動はすみれのほうが得意だということ。

「あと照れ屋さんで、まだわたしの名前を呼ぶのに慣れてなくて、すみれって言うときちょっと顔が赤くなるのがね、かわいいって思う」

彼女の名前を呼ぶのに照れる郁人にも、それがかわいいんだと目を輝かせるすみれにもなんだかほほえましい気持ちになったときだった。

すみれと茜の間に、陽時がずいっと割り込んできた。

「そいつとおれと、どっちが格好いい？」

わずかに首をかしげて微笑んでみせるのがあざとい。

茜は呆れはてて、はあ、と嘆息した。

「……何、言ってるんですか」

陽時の顔立ちは男女問わず、十人いれば九人は振り返るほどには整っている。陽時自身も自覚があって、こういう妙なところで武器として使ってくるから始末に悪いのである。

すみれが白けた目できっぱりと言った。

「陽時くん、人を好きになるのって顔じゃないよ。どっちが格好いいとか顔がいいとか、人の気持ちに関係ないと思う」

あまりにももっともな正論を正面から浴びせられて、陽時がぐ、とひるんだ。

すとん、と椅子に腰を落として「でもさ」「そうだけどさ」と、もごもご繰り返している。相変わらず妹が絡《から》むと大人げない。

「すみれちゃんに好きな人ができるのは、いいことだと思うよ。でも生半可なやつの隣に立たせるわけにはいかないっていうかさ」

ぽつり、とそのあとの言葉を引き取ったのは青藍だった。

「……ぼくらは兄貴みたいなもんやからな。妹に恋人ができたいうんやったら、気にもする」

陽時も青藍も、ときおり呆れてしまうほどに、すみれに対して過保護だ。それはきっとここに来たとき、すみれがまだ小学一年生で――幼くて小さくて、それでも懸命に日々を過ごしていたこの子を彼らが守ろうとしてくれていたからだ。

それはすみれも、ちゃんとわかっているはずだ。

まったく仕方がないと言わんばかりに、すみれが腰に手を当てた。椅子に座り込んでいる青藍と陽時を交互に見やる。

「郁人は大丈夫だよ。青藍も陽時くんも、会ったらきっとわかる」

ふん、と青藍が顔をそむけた。

「べつに会いたない」

「会って。わたしも紹介したい。青藍と陽時くんのこと、わたしの大事な家族だって」

茜は感心してしまった。さすがにこの二人の扱いをすみれはよくわかっている。

そう言われれば、この妹に甘い兄たちは断れるはずがないのだから。

それに、とすみれがソファに置いてあった鞄をつかんで言った。

「嫌だって言ったって、たぶん会うことになるよ。郁人も一緒にボランティアやってるから、来週月白邸に来るはずだもんね」

顔を上げたのは青藍と陽時、同時だった。

なるほど、波乱は早々にやってくるらしい。

「言っとくけど、郁人に変なこと言わないでよ」

しっかりと釘を刺したすみれが、いってきます、とリビングの暖簾を跳ね上げて駆けていく。

陽時と青藍がちらりと視線を交わしていたのを、茜はしっかりと目撃した。まだ納得がいっていないとありありと顔に書かれている。

この大人げない人たちは、当日わたしがちゃんと見ていよう。

すみれと、まだ顔も知らない恋人の、健《すこ》やかなお付き合いのために。

2

翌週の日曜日は、狙ったかのように晴れ渡った。

まだ午前も早い時間だというのに、日差しは焼けつくようにじりじりとした熱を帯びている。空は青く、その澄んだ高さはすでに夏の本番を彷彿《ほうふつ》とさせた。

「――ほんと、あの二人、親馬鹿っていうか兄馬鹿っていうか」

窓を開けて風を通していた茜《あかね》は、その声に振り返った。リビングのソファでけらけらと笑っているのは、見汐朝日《みしおあさひ》だ。

季節を先取りしたようなノースリーブのブラウスに、淡いイエローのカーディガンを羽織っている。足首までのオーバーサイズのデニムは爽《さわ》やかなホワイトだ。

児童館の一行がやってくるのは、午後一時から。十五人ほどの小学生と職員が二人、すみれと、すみれの恋人がボランティアとして同行するそうだ。

青藍《せいらん》と陽時《はるとき》は離れで仕事があるというので、茜だけでは心もとないと、朝日が手伝ってくれることになったのである。

茜はキッチンに入ると、ちょうど沸騰直前だった鍋の火を止めた。用意してあったマグカップにフィルターと挽《ひ》いたコーヒー豆をセットして、ぽとぽとと湯を注ぐ。

「朝日ちゃんも、青藍と陽時くんが郁人《いくと》に変なこと言ったら怒ってね」

児童館の集合時間までまだ間があるのだろう。ソファに座ったすみれが、制服姿でむすっと腕を組んでいるのが、カウンターの向こうに見えた。

向かいに座った朝日が、不安そうに肩をすくめている。

「あたしで止められるかな……」

ちらりと視線を送っているのは、青藍の離れの方向だ。

朝日もまじえた朝食のあと、二人はさっそく仕事があると青藍の部屋に戻っていった。

『結扇《ゆいせん》』の商売はこのところ順調で、青藍や陽時がこうして休日に離れにこもってしまう日も増えた。

絵や画材のことで茜たちに手伝えることはあまりないので、邪魔をしないように、時間までリビングでお茶をすることにしたのだ。

マグカップにミルクたっぷりのカフェオレを作って、朝から焼いたクッキーとともに盆にのせる。それとは別に、茜は色とりどりのクッキーがたっぷり詰まった袋を、朝日の前に置いた。

「これ、持って帰ってください」

「いいの？　茜ちゃんのクッキーだ……うれしい、大好きなんだ！」

屈託なく笑う朝日は、茜よりいくつか年上だが感情表現が豊かだ。きらきらと輝く瞳がうれしいと物語ってくれていて、こちらも自然と笑顔になる。

「わたしが留学中、すみれがたくさんお世話になったから、お礼もかねてです」

朝日は日本舞踊を習いながら、麩屋町通《ふやちょうどおり》にある着付け教室を住み込みで手伝っている。

もともとは山形《やまがた》出身で、かつて京都に住んでいた祖母の思い出の扇子《せんす》を探していた縁で、茜たちと出会った。それ以来、茜とは気の置けない友人として、お茶をしたりともに遊びに出かけるようになった。

そういった経緯《いきさつ》もあって茜の留学中、小学生だったすみれを心配して、朝日は月に何度か自分たちの離れに泊まりに来てくれたのである。

もちろん――下心も込みだ。

すみれがマグカップ片手に、にやっと笑った。

「でも朝日ちゃんもうれしかったでしょ。うちに来ると、陽時くんとしゃべれるもんね」

ぐ、と朝日が唇を結んでうなずいた。こういうところも素直な人なのだ。

朝日は陽時のことが好きだ。

まだ祖母の扇子を探していたころ、そのとき付き合っていた恋人に朝日は暴力をふるわれていた。朝日はそれを愛だと思っていた。

でもそれは本当の愛ではないのだと、朝日の手をとってそこから救い上げたのが陽時だ。

それからずっと、朝日は陽時のことを一途《いちず》に想い続けている。

茜はずいっと身を乗り出した。

「ねえ、陽時さんとどうなったんですか？」

朝日が困ったように身を引いた。でも茜は知っている。むずむずと緩《ゆる》みそうな口元はこの間のすみれと同じ、照れくさくて、でもだれかに聞いてほしいという合図だ。

ややあって、両手でマグカップをつかんだまま朝日が声をひそめた。

「この間、二人で出かけたんだ。あ、でもそろそろ夏服がほしいって思ったからで、陽時さんってそういうの詳しいから、相談にのってもらおうって思っただけで……」

「一緒に出かけたかったからでしょ」

すみれがあっさりとその言い訳を切って捨てる。一瞬ひるんだ朝日が、やがて追い詰められたように、そうです、と白状した。

「……一緒に服を選んでもらって、あとカフェでホットケーキも食べて、夜はワインバーに連れていってもらって……」

だんだんと朝日がうっとりとした目になるのがわかって、茜ははっとすみれを見やった。この先、中学生の妹に聞かせるには不適切な話になるかもしれないからだ。

それは、杞憂《きゆう》だったとすぐにわかるのだけれど。

「──で、次の約束して、解散」

「えっ、嘘でしょ」

茜はほとんど反射でそう返した。

「嘘じゃないよ。だって次の約束したんだよ」

朝日が興奮したように立ち上がる。あまりにうれしそうで頬が紅潮している。それを見上げて、ううんとあいまいに笑った。

思っていたよりもずっと健全で、バーの件《くだり》を除けばすみれの話を聞いているみたいだった。ほっとしたような、なんだかちょっと残念なような気持ちだ。

「もうちょっと先までいったかと思った」

この二人は亀より歩みが遅い。

「先って何⁉」

「えぇ……キスとか」

「茜ちゃん、留学してから大胆になった！」

そうかなあと茜は思う。今までだれとも〝お付き合い〟をしたことのない茜よりも、ずっと朝日のほうが経験豊富だと思うのだけれど。

でも、と茜は思う。

いつか聞いたことのある朝日の恋は、これまできっと本当ではなかったのだ。だからここからきっと、ぜんぶ初めてなのだと思う。

照れくさいのもどきどきするのも、先に進めないのも約束だけで舞い上がってしまうのも、きっとぜんぶが本当だからだ。

だから応援したいなあと思う。

たぶん陽時のほうも、まんざらではないと思っているだろうから。

朝日と陽時が二人で出かけるようになったのは、ここしばらくのことだ。

それと同時に陽時は、たくさんいた〝お友だち〟の女の人に、たぶん会うのをやめた。

褒《ほ》められた関係ではないそのお友だちには、陽時なりの線引きがあるようだったし、すみれの前で話すこともなかったから、茜も口を出すこともない。

けれど最近は夜中になって月白邸《つきしろてい》に帰ってくることも、スマートフォンでだれかと親密そうに話していることもなくなった。

だから、きっとそうだと茜は思っている。

陽時は中学生のとき、かなわなかった従姉《いとこ》との恋を引きずって、だれかに与えられる本当の気持ちに臆病になってしまった人だ。その容姿と人好きのする性格と青い時代があいまって、自分に与えられる好きという言葉を無節操に受け入れていた。

それを朝日は、自分と似ていると言った。

陽時も朝日も、本当の好きを知らないのだと。

その二人が少しずつ歩みよっていくのを、茜はずっと見守ってきた。

あとお互いにもう少しだと思うのに。その歩みの遅さがいっそなんだかほほえましくなって、茜は目を細めた。

「そのほんわかした目、やめて」

朝日がソファに座りなおして、クッキーを二つばかり口に放り込んでがりがりと噛み砕いた。照れ隠しだとわかるとなお、かわいい。

「だってじれったくて」

朝日が不満げに組んだ足に頬杖《ほおづえ》をついて、じっとこちらを見つめている。

「茜ちゃんには言われたくないよねえ」

その探るような視線がいたたまれなくて、茜はそっと目をそらした。

この二人にはきっともう知られているんだろうと思う。でも茜はこの気持ちと向き合ってまっすぐに見つめることがまだできない。

すみれが呆れたように言った。

「あのさあ、茜ちゃん。あっちだって、いつほかの人とどうにかなったって、おかしくないんだよ」

何も答えられないまま、茜はぐっとうつむいた。

あの指先から、美しいものを描き出す横顔から、真剣に色を深める黒曜石の瞳から——不器用で懸命で、けれどその奥底にたゆたう不器用な優しさから。

茜は目をそむけ続けている。

「わたしたちは家族だから」

茜が成人して、青藍と陽時には、彼らが自称していた保護者の役割はなくなった。公的な後見人は元より叔父《おじ》であり、茜と青藍の間には、もう形に残る関係は何もない。

だから、と茜は思う。

わたしたちを家族にしているのは、わたしたちの気持ちだけなのだ。

——新しいものを望めば、茜が欲しくてほしくてたまらなかった大切な家族を……もう一度失ってしまうような気がして。

どうしたってその先を見つめることができないでいる。

太陽が高く上がるころ。子どもたちが児童館からそろってやってきた。

月白邸の千本格子《せんぼんごうし》の門をくぐった先で、すみれが両手を広げて彼らを出迎えている。

その横合いから、ずん、と目の前に落ちる二本の長い人影に、その少年は威圧されたように立ちすくんだ。

すみれの恋人、野々宮《ののみや》郁人である。

小柄で身長もその線の細さも、すみれとあまり大差ない。

成長を見越して買った制服は今はずいぶんぶかぶかだ。けれど肩幅や手足の長さにすでに兆《きざ》しが見えていて、遠くない未来に彼にあつらえたようになるだろう。

胸元はシャツのボタンが開けられていて、軽く着崩している。胸元と袖口《そでぐち》からちらりと見える銀色のアクセサリーは、もしかすると、彼女に見せるための着こなしなのかもしれなかった。

「……だれ、っすか」

郁人のつり上がった目が、目の前の二人——青藍と陽時をにらみつけている。茜はあわてて後ろから青藍の着物を引っぱった。

「何してるんですか」

「挨拶《あいさつ》しとこうと思て」

「おれたち、すみれちゃんの家族だから」

ほぼ真下に向かって見下ろすそれが、朗《ほが》らかな「こんにちは」でないことだけはたしかだ。大人げない二人に嘆息して、茜は青藍と陽時をむりやり自分の後ろに追いやった。

「こんにちは、野々宮くんだよね」

にこり、と笑いかけるとこわばっていた郁人の顔が、ほっとしたのがわかった。ぺこりと頭を下げる。

「野々宮郁人……っす。今日はお邪魔します」

「七尾《ななお》茜です。すみれの姉です」

郁人の目がまん丸に見開かれる。やがてあわてたように視線をさまよわせた。

「あの、どうも……」

茜は苦笑して後ろをちらりと振り返った。

「こっちは久我《くが》青藍さんと紀伊《きい》陽時さん。青藍さんがこのおうちの家主《やぬし》で、陽時さんはそのお仕事仲間です」

「あ、じゃああんたら……あなたたちが、すみれの兄がわりやっていう」

すみれから話は聞いていたのだろう。やや戸惑《とまど》ったように二人を見上げたあと、にこりともしないまま口を開いた。

「すみれが、お世話になってます」

言葉の前に「おれの」とでもつきそうだ。その牽制《けんせい》するような勢いに、青藍と陽時は彼の中ではもしかするとライバル扱いなのかもしれないと思う。

「おれがすみれの彼氏なんで。……一生大事にするつもりなんで！」

一方的に叫んだ郁人は、それでも律儀《りちぎ》に頭を下げる。手のひらが握り締められているのを見て、その懸命さに茜はもう全力で応援したくなった。

一生、とか、大事にする、とか、なんのてらいもなく叫ぶことができるのは、青い今だけの特権なのかもしれない。

「郁人、何してんの？」

その声を聞きつけたのか、すみれが駆け寄ってきた。

「……なんでも。すみれのお姉さんたちに挨拶してた」

ちょっと、とすみれの鋭い声が飛んで、青藍と陽時の肩が跳ね上がった。

「青藍と陽時くん、郁人になんか言った？」

二人がそろってぶんぶんと首を横に振る。よくしつけられた犬のように見えてなんだかおかしかった。

「すみれ、なんでもない。……この人らがすみれがいつも言ってる、お兄さんなんやろ」

「うん。青藍と陽時くん。わたしの大事な家族だよ」

太陽のようにまぶしいすみれの笑顔と、わずかばかり苦い顔をする郁人に、茜はなるほどと肩をすくめた。

きっとすみれはことあるごとに、青藍と陽時のことを大切な人たちなのだと言っているのだろう。たとえそれが家族でも、恋人としては微妙な気持ちなのかもしれない。

振り返ると、青藍と陽時のほうもひどく複雑そうな顔をしていた。

大切な妹分の恋人を紹介されるいらだちと、その妹から大切な家族だと紹介される喜びのどちらを表せばいいのか、表情が戸惑っている。

そのただなかできょとん、と首をかしげている笑っているすみれに、わが妹ながら罪な女だなあ、と茜は一人くすくすと笑った。

月白邸の庭は、子どもたちにとっては格好の遊び場であるようだった。

最初は警戒するようにあたりをうかがっていた子どもたちは、やがて草木の陰に散り散りになってしまった。

この庭はとにかく雑然としている。

自然に近い、ほとんど人の手が入っていない植生で、木々は好き放題に空に枝を広げ、石畳から伸びる下草は、ともすると小学生の身長を軽く超えるものもある。

ざあっと風が吹く。

大きな木がゆさゆさと揺れて作り出す影の迫力、そのただなかを見たこともない虫が這《は》いまわる。

奇妙なオブジェに焼き物用の窯《かま》、半ば崩れかかっている離れ、縦横無尽《じゅうおうむじん》に伸びる塀のような渡り廊下は、子どもたちにとってゲームの世界のようなものなのかもしれない。

最初はスマートフォンや携帯ゲーム機で遊んでいたグループも、だんだんとおもしろそうだと思ったのか、探るように庭の奥に駆け出していった。

茜は大きな薬缶《やかん》を抱《かか》えて、リビングの掃き出し窓から庭に降りた。

そこには倉庫から大きなテーブルを引っ張り出してあった。重ねられた紙コップのそばに、氷をたっぷり入れた麦茶の薬缶を置いておく。今日はずいぶんと暑いから、喉《のど》が渇《かわ》いた子どもたちが、いつでも飲めるようにしておくためだ。

庭の奥ですみれの声が聞こえた。

「ちょっと、それには登っちゃだめ！」

あのあたりは、窯があるところだ。月白邸の住人が勝手に作ったはいいものの、防火上の問題で結局火が入れらず野良猫の住処《すみか》になっている、という悲しい逸話《いつわ》がある。

こうして遠くから見ていると、子どもたちの興味というのはおもしろいと思う。数人でオブジェにとりついて敵と見立てて遊び始めるものもいれば、二、三人で石畳に列を作る蟻《あり》を無言で眺めている子たちもいる。

庭のすみでぽつりと一人、ただ揺れる木々をじっと見つめている子が、心地よさそうに目を細めるのを見ていると、この庭はそのすべてを受け入れてくれているように思えた。

月白邸の庭は人も含めた生き物の、さまざまな生きざまを、許すのだ。

すみれが庭のすみでだれかと話しているのが見えた。

小学校低学年ぐらいだろうか。

ひょろりと手足が細く骨が浮いて見える。紫色のパーカーにデニムとスニーカー。どれも色あせていて、くしゃりと皺《しわ》が入っていた。

表紙がなく、ぼろぼろになった図鑑を胸に抱きかかえている。それが植物図鑑だとわかって、茜はあ、と口を開いた。

もしかすると、彼が八十明偉斗《やそめいと》だろうか。

「——すみれ」

思わずそう声をかける。隣の明偉斗がうかがうようにこちらを見つめていた。

「八十明偉斗くんだよね。すみれから聞いています」

うなずいた明偉斗が、おずおずと口を開いた。

「こんにちは。お姉さんは、このお庭の人ですか？」

「うん。七尾茜です。すみれの姉で、このおうちに住んでいます」

とたんに、明偉斗がぱっと瞳を輝かせた。

「いいなあ。ぼく、動物とか植物とかがすごく好きで、ここは、珍しいものがたくさんあって、うらやましいです」

一つひとつ言葉を区切るように、ゆっくりと話すのは、すみれから聞いていたとおり彼の癖《くせ》のようだった。

明偉斗は図鑑を読み込んでいるようで、茜やすみれも知らないことをたくさん話してくれた。

食べられる草とそうでないものの見分けかた、バッタには草色と枯れ葉色のものがあって、近くにたくさん仲間がいるかどうかで変わること。毒のあるキノコとないキノコ、枯れ葉に擬態《ぎたい》している虫を見つける方法……。

　夢中になって話す明偉斗についていくと、ふいに、彼がそこで足を止めた。木と木の間に、赤いテープが張られていたからだ。

　すみれが言った。

「この先は入っちゃだめだよ」

　昨日、陽時と三人で庭を歩き回ってこのテープをあちこちに張った。先には崩れかけの彫刻や離れ、渡り廊下があって子どもたちには危険だからだ。

　明偉斗がぽつり、と言った。

「お化けが来る？」

　茜は、すみれと顔を見合わせた。

　またお化け、だ。すみれが明偉斗のことを話していたときも、たしかそう言っていた。

　ざわりと風が吹いた。

　樫《かし》の木が揺れる。ぞろり、と木の大きな影が顔の前を通り過ぎて、明偉斗がぐっと唇を結んだのがわかった。その瞳にぐらぐらと不安が揺れている。

「ねえ、お化け来るん？」

「来ないよ」

茜はあわててそう言った。

「ここから先は、危ないから入っちゃだめなの。だからお化けはいないよ」

そう、と明偉斗はつぶやいた。どこかほっとしたようだった。

明偉斗は週末に児童館にやってくる。おうちにお化けが来るからだと言っていたそうだ。

茜は、身をひるがえして木立の向こうに歩き去ってしまった明偉斗の背を見ているうちに、ひどく不安になった。

お化けとは何なのだろう。

どうして——お化けが〝来る〟のだろう。

背を向ける寸前の幼い彼の瞳がほの暗く、恐怖と不安で塗りこめられたその中に、ほんのわずかに怒りの火がともっていたような気が、茜にはしていた。


——夏の風に吹かれるように、その人の伸びた髪を散らしていく。

縁側に片足を投げ出して、もう片方の足を膝《ひざ》の上にのせる。傍《かたわ》らに水入れと筆、水で溶いて使うことのできる、顔彩《がんさい》と呼ばれる絵具の箱。

その人を囲うように鮮やかに彩色されたたくさんの絵はすべて、虹の形に似た緩《ゆる》やかな弧を描いている。風に吹き散らされたのだろう、花びらのように広がっていた。

「青藍さん」

色とりどりの花の真ん中で、青藍が閉じていた瞼《まぶた》を薄く開いたのがわかった。

「……ああ」

うとうととしていたのかもしれない。とろりと落ちそうになる瞼を何度か瞬《しばた》かせている。

茜は氷のたっぷりと入ったグラスを青藍に差し出した。麦茶だ。

「水分とってください。今日は暑いですから」

受け取ったそれを、青藍は一気に飲み干した。氷の涼やかな音がからりと鳴った。

「昨日、ちゃんと寝ましたか?」

「……ああ」

青藍がよそを向く。たぶん嘘だ。

ここ最近、『結扇』の仕事が忙しいのを茜も知っている。連日夜遅くまで、陽時とこの離れで話し込んでいるようだった。今朝も二人でこもっていたのが、先ほどようようひと段落ついたのだろう。陽時は解放されたように庭で子どもたちと遊んでいる。

茜は縁側に散らばった色とりどりの紙を見回した。花びらだと思ったそれは、四角の紙に、扇面《せんめん》の形が描かれているものだった。

花火に、青空、太陽のようにまぶしい黄金《こがね》色のひまわり、湧き上がる入道雲——軒先に吊り下げられた風鈴が、リン、と甲高《かんだか》い音を立てる……。

どれも夏の風景だ。

青藍がぐっと伸びをした。

「夏の、新しい柄《がら》でも考えようか思て」

茜はわずかに目を見はった。青藍が絵を描くときはたいてい夜だからだ。

不思議そうな視線に気がついたのだろう。青藍はきまり悪そうに視線をそらした。

その先で子どもたちが、陽時とすみれが配るおやつのクッキーを目指して、歓声を上げながら駆け寄っている。きゃらきゃらと、弾《はじ》けるような笑い声が月白邸の庭に響いた。

「たまには賑《にぎ》やかなのも……まあ、悪ない」

グラスを縁側に置いた青藍が、そばに放り出されていた紙の束を手で探る。まだ何も描かれていない白い紙を引っ張り出して、水差しにつっこまれていた筆を手に取った。

その先が、小さな四角い陶器の皿に塗りこめられた絵具、顔彩から鮮やかな群青《ぐんじょう》色をすくい取る。

筆がするりと滑り始めた。

扇面の右からまぶしい青空が、照らされた木の枝葉が地面にくっきりと濃い影を焼きつける。

葉を透かす太陽の光は爽やかな緑色に、あちこちから生えるマリーゴールドの鮮烈なオレンジとピンク、むくむくと伸びあがる若緑の茎はひまわりだ。すみれの庭から種が飛んだのだろうか。

茜はそっと青藍の隣に座った。

絵を描くこの人を、ほんの一瞬でも独り占めできる贅沢《ぜいたく》を、かみしめながら。

——青藍が顔を上げた。

「あれが、すみれが言うてた子か？」

視線の先には明偉斗がいた。

すみれから手渡されたクッキーを片手に、もう片手には大きなカマキリをつかんで顔をほころばせている。

その瞳はまたうれしそうに輝いていて、茜はほっとした。

茜は明偉斗のことをぽつぽつと話した。植物や動物にとても詳しいこと。博識でいつも図鑑を持ち歩いていること。

そしてすみれが前に話していたように、お化けが来るのを怖がっていること。

ふうん、と青藍がつぶやいた。

その手は新しい紙を引っ張り出して、手持ぶさたに筆を滑らせている。

筆がすくい取ったのは水で淡く溶いた青だ。

扇面の枠、紙の上から下までを、青藍の筆がするり、となでた。

その瞬間——ぞく、と背筋から冷たいものが這《は》い上がる。

現れたのは、薄青い足のない女だった。幽霊だ。

その冷たい空気とやるせない表情までがひしひしと伝わってくるようで、恐ろしいのに目が離せない。

「お化けなあ……」

青藍がぽつり、とつぶやいた、そのときだった。

「——なあ、お兄さん何してはんの？」

子どもたちが数人、庭からこちらをうかがうように青藍を見つめていた。近づいてこないのは、青藍の身の丈《たけ》と目つきの悪さを警戒してのことだろうか。

けれどおびえたように身を引いたのは、青藍のほうだった。

やがて一人が、おずおずとこちらに歩みよってきた。縁側に広がった花びらのような絵のかずかずに好奇心が勝ったらしかった。

「うわ、すご！」

青藍の手元をのぞき込んだその子が、ぱっと顔を上げた。一人来たら、そのあとはあっという間だ。

「これぜんぶ描かはったん？」

「え、怖……っ、幽霊やん」

「なに？　絵描いたはんの！　おれも見る」

庭の奥から子どもたちが次々に駆け寄ってくる。

肩や膝に子どもたちをまとわりつかせた青藍と、目が合った。助けてくれとその視線が、切々と訴えてくるのだけれど、茜はしばらく考えて、すい、と目をそらす。

この人は小さい生き物を怖がるわりに、そういうものに案外好かれるのである。

子どもの一人がまん丸な目を向けた。

「ほかに何を描けるん？」

それが妙に上から目線で、青藍のプライドを刺激したらしい。

青藍がため息交じりに新しい紙を探った。

足を組んだまま縁側にその紙を置いて、水差しにこれまで使っていた筆を投げ込む。かわりに手にした隣の筆はそれよりずっと太い。

その筆先がすくい取ったのは、おどろおどろしい赤。

「まあ、見てろ」

その筆先がぐ、と紙に押しつけられた。
きゅう、とその目が集中する。青藍の髪がぶわりと逆立ったように錯覚した。
子どもたちが息をのんだのがわかった。
ぞり、と筆が紙を削るように滑った。
太くごつごつとした線が、ぞり、ぞりと、刻まれていく。
最初はなにごとかと口々に騒ぎ立てていた子どもたちが、しだいにしん、と静まって、
青藍の指先から生み出されるものに、見入っているのがわかった。
何かを作り出すさまは、おもしろく美しい。
とくに青藍のそれには抗《あらが》いがたい魅力があると、茜もよく知っている。
黄色、紫、黒、もう一度黄色、銀、そして黒。
子どものだれかが悲鳴を飲み込んだのが、茜にも聞こえた。
扇面に描かれたとは思えない、尋常《じんじょう》ならざる迫力の——。
それは、蜘蛛《くも》だった。
「土蜘蛛《つちぐも》、という化け物やな」
黄色と黒の渦巻き模様の体、ぎょろりとこちらをにらみつける大きな目玉は赤と黄色。
口には鋭い銀の牙がのぞき、細い糸を吐き散らしている。

「こいつは最初、お坊さんの姿で現れる。家に招き入れると、はじめは拝《おが》んだり祈ったりするふりをするんや。ありがたいなあ、思て泊めるやろ。そうして夜が来ると……ぞろり、ぞろり、て音がする」

薄い唇から吐き出される青藍の言葉に、子どもたちがじっと聞き入っている。

「ふと気がつくと枕元には、大きな蜘蛛がいて、じっとこっちを見下ろしてくるんや」

その瞬間。どう、と風が吹いた。

クヌギの木が揺れる。うっそうと茂る木々の影が、ぽつりぽつりと濃く落ちる。

吹き散らされた雲が太陽を隠した。

庭が――暗く陰る。

子どもたちがおびえたように息をのんだ瞬間だった。

青藍が、ふと息をついた。筆を水差しに放り込んで、力が抜けたようにだらりと両手を縁側に投げ出す。

それで、ふつりと緊張の糸がほどけたようだった。

太陽が雲間から顔を出す。さあっとあたりが晴れ渡ってようやく、金縛りが解けたように子どもたちが息をついた。

次の瞬間、わっと歓声が弾けた。

「すごいなあ！」

自分たちもやりたい、と彼らが言いだすのはすぐだった。

茜は青藍の許可をもらって、仕事部屋から使いさしの紙を縁側に広げる。庭で子どもたちと遊んでいた陽時が、いつの間にか絵具を用意してくれていた。

小さな手が次々と筆を握る。

新しい真白な紙に、絵具で自由に色をのせていくのは、別格の喜びがあるのだろう。すぐに縁側では場所が足りなくなって、子どもたちは好き勝手な場所で描き始めた。

頬に絵具をつけて、石畳で、地面で、色鮮やかに見たままを描き出していく。

ほう、と隣で、青藍が息をついたのがわかった。

その目がまぶしそうに子どもたちの向こう——どこか遠くを見つめている。口元がほころんでいるのに切なそうにも見えた。

——土を踏みしめる音がして、茜は顔を上げた。その先で少年が一人、じっとこちらを見つめていた。

明偉斗だった。

だれも見ていないのに、あたりをきょろきょろと気にしている。ずっと何かにおびえているように。

やがて青藍の前までやってきて、口を開いた。

「あのさ、さっきのあの……蜘蛛。まだそこにいる？」

どこかから、青藍が絵を描いていた様子を、明偉斗も見ていたらしかった。

「これか」

傍らに置いていた土蜘蛛の扇面を青藍が差し出すと、とたんに、明偉斗がびくりと身を引いた。

「……そいつ、最初はふつうの人に化けてるって、ほんま？」

「ああ。土蜘蛛だけやない。昔の物語や能なんかによう出てくる化け物は、お坊さんに化けたり、女の人に化けたりするもんや」

そういう恐ろしいものはたいてい、最初は人間の姿をしているのだ。

明偉斗はぐっと手のひらを握り締めた。そうしてかすかに震える唇の隙間《すきま》から、小さな声で、言ったのだ。

「……ここにも来たんや」

扇面をにらみつけるその目は、倦《う》んだようにぐるりと闇に沈んでいる。不安、悲しみ、そして、燃えるような怒り。

やっぱり、来る、だ。

彼のところには何が来るのだろう。何に、おびえているのだろう。

呼び止める間もなく駆けていってしまった明偉斗の背を、茜と青藍は互いに困惑《こんわく》した視線を交わしながら、ただ呆然と追うだけだった。


草色のバッタがぴょん、と目の前を横切った。

あ、と思った次の瞬間、そばの石畳の上で絵を描いていた子どもたちが三人ばかり、筆を投げ出してそれを追った。右に左にとバッタの挙動に翻弄《ほんろう》されている。あれではしばらく捕まえられないだろう。

青藍は苦笑して、ふと空を見上げた。

まばゆい初夏の青空を、ふっくらとした雲が一つ、二つ通り過ぎていく。

月白邸の庭はいつも静かだ。

風の音、木々がざわめく音、木の葉がすれる音、虫がかさりと這い、小鳥が飛び立つために空《くう》を羽で打つ。自然の柔らかな音が満ちている。

その静けさをかき回すように、バッタを捕まえ損ねた子どもたちの、きゃあきゃあとした笑い声が響いた。

今日は、ずいぶんと賑やかだ。

ふいに泣きたくなるほど切なくなった。ああ、これは——。

「なんか、懐《なつ》かしくない？」

心のうちの声が、こぼれたのかと思った。

振り仰ぐと、陽時がマグカップを両手に持って立っている。その髪は太陽からこぼれた金色を纏《まと》っているようだった。

隣に腰かけてカップを一つよこす。コーヒーだった。

「やかましくて気ぃ滅入《めい》る」

そううそぶく青藍に、長い足をもてあますように組んだ陽時が、鼻で笑ってコーヒーをひと口すすった。

「おれは、月白さんがいたころみたいだなあって思ったよ」

……それはもう、ずいぶんと前のことになってしまった。

青藍は小学生のときに、陽時は中学生のときにこの月白邸にやってきた。二人とも幼いながらに心に抱いていた、おのれの自由のために——実の家を捨てたようなものだった。

月白邸はそのころ、月白を慕《した》って売れない芸術家や職人やよくわからないものたちが好きに入《い》り浸《びた》っていた。勝手に作品を作り、酒を飲み、笑い合い——いつもこの邸には喧噪《けんそう》が満ちていた。

あのころ青藍は師である月白《つきしろ》と、陽時以外に心を開くことができなかった。喧噪を煩《わずら》わしく思い、なにかと自分をかまいたがる大人たちがうっとうしくてたまらなかった。

けれど今になってやっと、あの賑やかな日々に与えられたものがたしかにあったのだと思うことができる。

振り返ると、開け放たれた離れの奥、青藍の寝室に大きな絵が立てかけられているのが見えた。二畳ほどの大きさの障子絵《しょうじえ》だ。

月白は亡くなる前、その絵を青藍に遺《のこ》した。完成させてみろと言い残して。

青藍がそれを受け取ったとき、その絵には黒々とした桜の枝が空に向かって伸びているきりだった。この庭にあった細く若く、そして春に花をつけない桜の木だ。

その桜は青藍そのものだ。

周囲とともに花をつけることもなく、静かでだれも寄せつけない孤独の木。

月白が亡くなったあと、青藍はその死を受け入れることができずに六年もの間、ただその絵の前でぼんやりと過ごした。酒に溺れ、絵を描き散らし。

この桜には一筆も入れることができないまま。

視線の先をたどって、陽時がほろりと笑ったのがわかった。

「いい絵になったじゃん」

今その絵には彩りが満ちている。

桜の枝には小さな雀《すずめ》が二匹、ふくふくと羽を膨《ふく》らませている。木の根元では金色の猫がすらりと背筋を伸ばし、柴犬が、狐《きつね》と子狐が、子猫が、空を睥睨《へいげい》する鷲《わし》が、そしてあたりの地面からおびただしく伸びる季節の草花が、桜の木を彩っている。

六年間、何も描くことのできなかったその絵に、筆を入れることができたのは、月白邸に転がり込んできた二人の姉妹のおかげだった。

彼女たちも大切なものを失って、泣いて落ち込んで、立ち止まってを繰り返しながら、それでも懸命に、這うように前に進み続けた。

だから青藍も、同じようにできたのだ。

隣で頑張る人がいるから、頑張ることができる。とても単純で、これ以上ないあたたかな理由だった。

風が吹いた。

青藍の頬をなでたそれが、少し先、石畳の上で笑っている彼女の、ずいぶんと短くなった黒髪を揺らす。

麦茶用のテーブルが、いつの間にか庭の真ん中に引き出されていて、薬缶や紙コップにかわって青藍の描いた土蜘蛛と幽霊が手本として置かれていた。そばには四角い陶器の皿に塗りこめられた顔彩が、ばらばらと散らばっている。

そこから離れた石畳の上で、彼女はそばにいる子どもたちの手元をのぞき込んでいた。すみれと顔を見合わせて笑っている。

すみれが隣を見て、とんと人さし指で自分の頬を指したあと、彼女をうかがった。頬に絵具がついている、と言いたいのだろう。

顔彩の鮮やかな赤を、その指先がぬぐった。

視線が合った。わずかに目を見開いて、そうして恥ずかしそうに笑う。その顔に梢《こずえ》の影がゆらりと揺れて。

胸が焼けるように熱くなった。

息をのんで目をそらす。その熱に焼かれるわけにはいかない。

「――おまえさあ、もういいんじゃねえの」

組んだ足に頬杖をついた陽時が、視線だけをよこした。

「何が……」

「そこでわかんねえふりするのは卑怯《ひきょう》だわ」

陽時とは長い付き合いだ。ふだんは好青年を装《よそお》っているこの男が、ときおり荒れた言葉を使うことも知っている。こちらを見る視線の圧に負けて青藍は舌打ちした。

「茜ちゃんは、一人の人間として物事を決める力を持ってる」

そんなことは、だれよりわかっている。

彼女がどれほど力強く道を歩いているか、軽やかに空を飛ぼうとしているか、青藍が一番わかっているのだ。

だから——そんなものに、触れられるわけがない。

「ぼくらは家族や」

それを何より茜が大切にしているのだと、知っている。だからその一線だけは、越えてはいけないと思う。

あの子が一度失ったものを、もう一度、奪うわけにはいかないのだから。

陽時は息をついたきり、それ以上、何も言わなかった。

意趣返しのつもりで、青藍はちらりと傍らの友人を見やった。

「おまえこそどうなんや。最近、あちこち出かけてるんやろ」

ふい、と視線だけで指したのは、ちょうど茜たちに駆け寄ってきた朝日だった。イエローのカーディガンが初夏の風に揺れる。陽時が苦々しげに眉を寄せた。

「……ときどきだよ」

「夜、出かけへんようなったんも、そうなんやろ」

「何が、そうなんか、わかんないね」

組んだ足に頬杖をついた姿勢のまま、ふん、としらばっくれるようによそを向く。

この友人は奔放《ほんぽう》に遊んでいるように見えて、人の気持ちにひどく臆病だ。とくに好意に対して。

好き、愛している、愛《いと》おしい。

それをだれかから向けられるたびに、笑ってその手を振り払ってきた。

それはかつて彼が四つ年上の従姉《いとこ》を相手に、深くこじらせてしまった青い恋心がそもそもの原因なのだけれど、結局はおびえているのだと青藍は思う。

「おれには、もったいないよ」

振り払われるのが怖いから、そうやって先にいらなかったことにするのだ。

でも気がついているのだろうか。

その瞳が、けれど愛おしさと柔らかさを帯びて朝日に向いている。不安と喜びに同時に満ちていて、とろけて滴《したた》り落ちそうなほど甘い。

朝日がこちらを向いた。

東山《ひがしやま》の端から空に昇るまばゆい太陽のように、満面に好意が輝いている。

「――陽時さん、来て!」

「どうしたの？」

陽時がくすりと笑った。余裕ぶっているように見えて、組んだ足がほどけて腰が浮いている。今にもそこに駆けつけたいと体のほうが訴えているのかもしれない。

「あたしも絵、描いたんだ」

ほら、と両手をかかげて、朝日が絵を広げている。

あまり器用なたちではないのだろう。おおざっぱな性格が絵にも表れていて、そのごつごつとした線はかろうじて人の輪郭《りんかく》だとわかる。茜は隣ですでに涙が出るほど笑っていた。

「陽時さんを描いた！」

とたんに、陽時が噴き出した。

「へたくそすぎでしょ、おれもっと格好いいし！」

屈託なくけらけらと笑って、陽時が「すぐ行くよ」とマグカップを傍らに置いた。ぎしりと縁側の板を鳴らして立ち上がる。

ほろりとこぼした。

「――あのさ、でも、もし」

本当に、困った顔で言ったのだ。

「もし朝日ちゃんが、おれがいいって言うなら。おれ……どうしたらいい」

見たことないほど弱りきって、けれどたまらなく愛おしいのだという顔をするから。

青藍は黙ってその手を伸ばして、大切な友人の背を叩いてやったのだ。

強情な友人が、この期《ご》に及んでなんでもないのだというふうを装って、朝日のそばにことさらゆっくり歩みよっていく。

二人で肩を並べて笑っているそのさまが、あまりに幸福そうで。

ああ、おまえはきっと幸せになってくれ、と。

青藍は両手を後ろについて空を仰いだ。

――そのときだった。ふと視界の端をだれかが駆けていったのが見えた。紫色のパーカーが庭を横切って行く。明偉斗だ。

おどおどとあたりを見回して、おびえたように肩をすくめながら木々のあいまに消えていく瞬間、青藍は見た。

口元がうっすらと笑っていた。

やってやったぞ、と言わんばかりに。

彼が来たほうには、絵具や青藍の絵が置かれているテーブルがあったはずだった。

――それに最初に気がついたのはすみれだった。

「だれがやったの」

　ぐう、と唇をかみしめて、母屋《おもや》の庭に集められた子どもたちをぐるりと見回した。腰に手を当てて、もう片方の手でその絵を子どもたちに突きつけている。

　青藍の描いた土蜘蛛の絵だった。

　赤い絵具で、大きなバツ印が描かれている。

　顔彩に慣れていないものがやったのだろう。うまく色を溶かしきることができず、色は薄く、下の土蜘蛛の黄と黒の体をすっかり透かしてしまっている。

　けれど何度も、何度も——赤い絵具があたりに飛び散るほどに。

　だれかが強い意志でもって、描いたにちがいなかった。

　子どもたちが困惑しながら、互いに顔を見合わせている。

「だれ、青藍の絵にいたずらしたの」

　茜が、顔を真っ赤にして怒っている妹の肩を、とんと叩いた。

「すみれ、みんなびっくりしちゃってるよ」

「だって！」

　だって、これは青藍の絵だ。すみれが茜と同じように、ことさら青藍の描いたものを大切に思っていることも茜は知っている。

茜はすみれだけに聞こえるように言った。

「悔しいのはすごくわかるよ。でもだれがやったかわからないのに、みんな一緒に怒ったり、犯人だって決めつけちゃだめだよ」

ここでのすみれは、月白邸の末っ子ではなくて児童館の先輩なのだ。ぐっと口を引き結んだすみれがまだ納得のいかないように、けれどなんとかうなずいた。

こういう怒り方にも拗《す》ね方にも、ところどころ子どもらしさが残っていて、そこにほっとしてしまうのもたしかなのだ。

顔面蒼白になっているのは、付き添いの職員のほうだった。

瀬田三波《せたみなみ》という名前で青藍たちとそう変わらない年頃の女性だ。すみれが小学生のときからの付き合いなので、茜も何度か顔を合わせたことがある。

つまりこの巨大な邸《やしき》の主《あるじ》、久我青藍なる人物が、画壇の天才絵師、春嵐《しゅんらん》であることも知っているのである。

その絵についた値段が、思い描くより桁《けた》が一つ違うことも。

「あ、あの、ごめんなさい、申し訳ないです、ど、どうしよう……!」

茜は苦笑した。気持ちはわからなくもない。

「大丈夫だと思います」

　ほら、と視線をやった先で、青藍が赤いバツ印のついた絵を前に、考え込むように腕を組んでいた。三波がさあっと顔を青くする。

「怒ってますよね、久我さん！」

「大丈夫ですって、あれは怒ってる顔じゃないので」

　青藍は自分の絵を害されることに、意外にもあまり頓着《とんちゃく》しない。

　一度、依頼を受けて描いた絵を切り裂かれたときも、怒っているというよりも、そこから新しいものを描き出すことに執心《しゅうしん》していた。

　今もたぶんそうだ。

　青藍がそばに片付けてあった筆を拾い上げた。

　顔彩から朱と黒を選んで扇面に筆を落とす。

　唇が薄くつり上がっている。

　描かれたまだらの大蜘蛛と、それを退治するかのように描かれた赤いバツ印の鮮やかなコントラストを呑んで――新しいものを生み出すいっそ恍惚《こうこつ》とした喜びに心躍《おど》らせている。

「……こんなんで、この蜘蛛は退治できへん」

　ぞり、とえぐるように筆が紙を滑る。

　薄く赤いバツは、あっという間に滴る血に描き変えられた。畳に飛び散る血しぶきの上を、筆が滑ったとたん、蜘蛛の黒い脚がそれを踏みつけていた。

その脚に無数の毛が生える。牙の銀は血にまみれ、ぐるぐると渦を描くような、黄色と黒の体が障子を越えて、のそりとこちらへ一歩、踏み出したかのようだった。

化け物が、やってくる。

だれかが息をのんだ音がした。

青藍が筆を持ったまま、ぐるりと子どもたちを見回した。一様におびえた、けれど興味津々《しんしん》の体《てい》で見つめていた子どもたちの一人を——まっすぐにとらえたような気がした。

「ぼくはこの化け物の倒し方を知ってる。それが知りたいんやったら、ぼくのところにおいで」

お化けが来るのだと、たしかに彼は言った。

青藍の視線の先で、青い顔をしたその目に怒りをたたえ、化け物をにらみつけている彼は——八十明偉斗だった。

3

茜《あかね》はオーブンから天板を引き出した。

行儀よく並んだスコーンが、むくむくと盛り上がった真ん中からほくりと割れていた。裂け目がかりかりと香ばしく色づいていて、バターの甘いにおいがキッチン中に広がる。

「……茜ちゃんさあ、もうお店とか開けるんじゃない？」

朝日《あさひ》が呆れたように言った。カウンターの向こう側からもたれかかるようにこちらをのぞき込んでいる。

「そう？　まだぜんぜんだめだよ。ほら、端っこのとか膨《ふく》らみきれてないし、逆に隣のは砕けちゃってる」

空気の量が多かったのか、それとも混ぜ方がまずかったのだろうか。考え込んだ茜に、朝日が肩をすくめた。

「茜ちゃんのそういう完璧主義っぽいとこ、格好いいって思うけどさ。もうちょっと気楽にやってもいいんじゃないとも思うよ」

ちょっと心配、と朝日が眉を寄せた。

朝日はいつも明るくて無邪気にふるまっている。けれどこうして自分を気遣《きづか》ってくれる優しさは姉のようで、照れくさくなるのだ。

きれいに焼けたスコーンを選んで籠《かご》に盛る。

ジャムとクリームを瓶ごとソファのテーブルに置いている間に、朝日が陽時《はるとき》と四苦八苦しながら淹《い》れたコーヒーが、人数分そろったころ。

子どもたちを送り届けたすみれと郁人《いくと》が、児童館から戻ってきた。

郁人の背に隠れるように、折れてしまいそうなほど細い腕を震わせいてる——明偉斗《めいと》をともなって。


「——ぼくがやりました」

かさかさに乾いた声で明偉斗が言った。ソファに座った体は硬直して、膝《ひざ》に突っ張った腕はまだ震えている。

そのおびえように青藍《せいらん》と陽時がそれとなく、明偉斗から距離をとったのがわかった。二人とも自分たちが身長も高いし威圧感もあるということを自覚している。

ソファには明偉斗が、隣にはすみれと郁人が寄り添っている。

茜は明偉斗の前に膝をついて、ことさら優しく言った。

「明偉斗くん、この人たち怖くないよ。それにちゃんと謝ってくれたから、もう怒ったりもしないから心配しなくていいよ」

茜が卓上に置いたマグカップには、ココアがほかほかと湯気を立てている。二つ入れたマシュマロがほどよくとろりととろけていた。

けれど明偉斗が何よりおびえたのは、そのマグカップだった。

瞳が波立って今にもこぼれ落ちそうで、パーカーで隠れた二の腕をぎゅう、とつかんだのを茜は見た。

朝日が、明偉斗の視界から引きはがすようにマグカップをテーブルの下に隠した。

「大丈夫」

そう言った朝日の声は、何かをこらえるように平淡で、けれど優しく聞こえるように、めいっぱい努力しているように思えた。

「どうして、青藍さんの絵に赤いバツ印をつけたの？」

「……や……やっつけたくて。ご、ごめん、ごめん、なさい」

「いいんだよ」

茜がそう言って、明偉斗の腕にそっと触れようとしたとき。その手をぐっと朝日がつかんだ。小さく首を横に振る。

「明偉斗くん、大丈夫。ゆっくりでいいよ」

「話すの、遅くて。うっとうしいって、思う？」

「……あたしは思わない」

朝日が静かに言った。

明偉斗はそれをだれに言われたのだろうか。茜は唇をかみしめてそうっと下がった。嫌な予感に焦燥《しょうそう》が掻き立てられる。

「あのお化けを、倒せるて、ほ、ほんま?」

青藍が立ったまま、静かにうなずいた。明偉斗の揺らいでいた瞳が壮絶な怒りをたたえて。そうして震える唇を開いた。

「……うちに来るんや。あのお化け」

明偉斗は食い入るようにテーブルの上、土蜘蛛《つちぐも》の絵を見つめている。

黄色と黒の渦巻きのような模様、目はぐるぐると塗りこめられた漆黒《しっこく》、銀色の牙、太い脚が畳を踏みしめて……赤い血を滴《したた》らせている。

「毎週、金曜日に来て、日曜日に帰っていくねん。そいつが、来ると、すぐにわかる」

──その化け物は、いつも決まって週末にやってくる。

たいていは金曜日の夜の八時ごろ。アパートの外階段がぎし、ぎしとひどくきしむのだ。

一歩、一歩。

その音を聞くたびに、明偉斗は体がこわばって動かなくなる。

今日も来た。

目の周りはいつも黒々と落ちくぼんでいて、そのくせ瞳は異様にぎらぎらとしている。

体が大きくて、赤とか黄色とか、ごちゃごちゃと模様の入った派手な服を着ていて──そこに描かれた土蜘蛛の化け物にそっくりだった。

「お母さんに、会いに来るんや」

明偉斗は自分の父親のことを、よく知らない。明偉斗がまだ小さいころに両親は別れてしまったそうだ。母はたった一人、介護施設で働きながら懸命に明偉斗を育ててくれた。

たぶんうちにはお金はあんまりないのだろうと、明偉斗は思っていた。母はいつも同じ服を着ていたし、何年も新しいものを買った様子もなかった。

それが変わったのは半年前のことだ。

ある日、母は新しいワンピースを買ってきた。花がたくさん散っていて、それを身につけた母はとても楽しそうに笑った。

お母さん、大好きな人ができたのよ、と。

その化け物は最初、優しい人間のふりをして母に近づいたのだ。

「そいつは、ぼくのことも好きやって言った。お金はあんまりないみたいやったけど、いっぱい遊んでくれたし、ときどきお菓子もくれた」

何よりそいつといると母がうれしそうだった。だから明偉斗も、うれしかった。

しばらくして、そいつは正体を現した。

そこからさき、明偉斗は硬直したように口をつぐんだ。自分の腕を握り締めて、まっすぐにテーブルの一点をにらみつけている。

「触ってもいい？」

朝日が自分の手を広げた。やがて明偉斗がぎしりとうなずいた。さびついた音でも鳴りそうなほどだった。

シャツの袖《そで》から見えた腕は折れそうなほどに細い。そのあちこちに青いあざがくっきりと浮いていた。肘《ひじ》の近くについたやけどのあとは、まだ新しい。

茜はこぼれそうな悲鳴を飲み下した。

明偉斗がマグカップにおびえたのはきっと、それが彼のやけどの原因になったからだ。

――週末の化け物は、酒を飲むとその本性を現した。

話すのが遅いと言っては荒れたように怒り、にらんだと言っては手当たりしだいに物を投げつけた。ベランダに追い出されたときは、自分が持ってきた菓子を食べなかったという理由だった。

化け物が帰ったあと、母はいつも明偉斗に謝った。

ごめんね、痛いよね、お母さんが止められなくてごめんね。

でも――もう会わないとだけは、決して言わなかったのだ。

そうして金曜日になるとまた、あいつがアパートの階段を上がってくる。化け物じみた八本の脚を隠し、人間のふりをしてたそれがやってくるのを、明偉斗はいつも、じっとおびえて待っている。

「……そいつは、ぼくとお母さんのこと、好きやて言う」

化け物は、これはしつけだと言った。

母と明偉斗のことを愛しているから、痛いこともしなくてはいけないのだと。

「そいつ、お母さんには、優しいから。そうやったら、ぼくは、ぼく……」

明偉斗の前に膝をついた朝日が、静かに言った。

「あたしが、きみの手を握ってても大丈夫?」

うなずいた明偉斗の手を、朝日はそっと握り締めた。朝日のほうがよっぽど震えていて、今にもあふれてしまいそうなほどに瞳がうるんでいる。

複雑に感情の織り込まれた朝日の瞳には、明偉斗と同じ、おびえと怒りが見える。

朝日もそうだったからだ。

自分のことを好きだという男に、彼女も手を上げられていた。それが自分のことを愛してくれているからなのだと、心底そう思っていた。

「その人が、お母さんのことや明偉斗くんのことを本当に好きなのかどうか、わたしにはわからないよ。そうかもしれないし、そうじゃないのかもしれない」

でもね、と朝日が懸命に笑顔を作った。

「もしその人が二人のことを愛していても、明偉斗くんが痛いことをされていい理由には、絶対にならないんだよ」

それは自分にも言い聞かせているように、茜には思えた。いびつな〝好き〟に傷つけられて、それを愛の証《あかし》だと思い込んでいたあのころの自分に。

「あたしは、好きっていうのは、あなたのことが大切だって、そういう意味だと思ってる。だから明偉斗くんに痛いことをする人の〝好き〟は、間違ってるよ」

床についた朝日の片手に、いつの間にか、そのそばに座り込んだ陽時の手が重なっている。上から優しく握り締めていて、大丈夫だと繰り返す朝日にそうっと寄り添っているように見えた。

「だから——明偉斗くんは、そいつのことを、ちゃんと嫌いでいいんだよ」

ほう、と明偉斗が息をついたような気がした。突っ張っていた腕から力が抜ける。

明偉斗は泣かなかった。

その瞳の奥はもうずっと乾いていて、揺れるものもこぼすものも残っていないのかと思うと、それが胸が痛くなるほど辛《つら》かった。

児童館の職員に連絡をしていた陽時が、戻ってきたとたんだった。

「茜ちゃん、明偉斗くんを……ごめん」

それだけ言って朝日が廊下に駆け出していった。立ち上がった瞬間に押しとどめていた涙があふれたのが見えた。明偉斗の目に触れさせたくなかったのだろう。

追いかけようと腰を浮かせた茜は、陽時と目が合った。

「おれが行ってくる」

児童館の職員がすぐに訪ねてくれると言い残して、陽時が朝日のあとを追う。陽時の顔が見たこともないほど焦燥に満ちていた。

開け放した庭から吹き込む風には、夕暮れのにおいが混ざっている。リビングに差し込む木々の影は長く、空の端は淡い紫に染まっていた。

ソファに座る明偉斗の隣に、すみれが寄り添っていた。郁人はいつの間にかソファの向かい側にうつっていて、彼なりに明偉斗をおもんぱかった結果なのだろうと思った。

青藍がおもむろに立ち上がった。

掃き出し窓から身を乗り出して、そこにまとめておいたままだった、顔彩《がんさい》をいくつか拾い集めてくる。水差しと筆を手に明偉斗の隣に腰を下ろした。

「こいつの退治の方法を、教えるて約束したな」

明偉斗がわずかに目を見開いたような気がした。たしかに青藍は言った。退治の方法を知りたければ、自分のところに来いと。

青藍の筆先が黒をすくい上げた。

「昔、源頼光《みなもとのよりみつ》いう人がいた」

するりと描かれたのは、どうどうとした甲冑《かっちゅう》姿の武者《むしゃ》だった。黒々とした髭《ひげ》、腰には飾りのついた鞘《さや》、ごつごつとした腕の先、綾《あや》の糸が巻きつけられた太刀《たち》の柄《つか》が握り締められていた。

すらりと抜き放たれた太刀は、まばゆいばかりの銀。

筆先の銀色を洗い落とした青藍が、ふと傍《かたわ》らの明偉斗を見やった。

「何色にしたら一番強い思う?」

「赤」

間髪《かんはつ》をいれずに、明偉斗が言った。

「テレビでやってる。ヒーローはいつも赤色や」

だから明偉斗は、土蜘蛛の上に赤色でバツを描いたのかと、茜は思った。何ものをも倒すヒーローの色だから。

青藍が口の端《は》をつり上げた。その筆先が顔彩の陶器の小さな四角から、たっぷりと赤色をすくい取る。

「――源頼光は、京都の大江山《おおえやま》に棲《す》んでた鬼、酒呑童子《しゅてんどうじ》を倒した男や」

武者の甲冑を赤い色で塗りこめた青藍が、ふと声を低めた。

「人の姿をして近づいてきた大蜘蛛が、正体を現した瞬間。源頼光は脇にあった刀を抜き放った」

筆先にたっぷりと銀色の絵具をとって、青藍はそれを明偉斗に握らせた。大きな手でそうっと上から握り込む。

ここにいる化け物はおまえが退治するのだ。

もう二度と、姿を現さないように。

筆先の銀色は魔を切り裂く、刃《やいば》の色だと茜は思った。

明偉斗の瞳に色が揺れる。甲冑の赤、刃の銀、不安と――怒り。

蜘蛛の目玉の真ん中に、明偉斗は筆先を突き刺すように叩きつけた。銀色が散る。ぞり、と筆で紙を削る音が聞こえたような気がした。

まっすぐに、縦《たて》に斬り下ろす。

一閃《いっせん》した銀色が、土蜘蛛を裂いた。

うう、と言葉にならない声を吐いて、明偉斗が筆を投げ出した。肩で息をしている。乾いた瞳にはゆらゆらと色が戻っていて、その顔がゆっくりとあたたかみを取り戻していく。

「おれが……おれ、や、やっつけた」

ああ、と青藍がつぶやいた。

銀色の混じった黄色と黒をあたりに散らす。それは毒々しくグロテスクで、どこかすがすがしくもある土蜘蛛の最期《さいご》だった。

ぐす、と鼻をすする音が聞こえて、茜はあたりを見回した。

郁人だった。向かいのソファで膝の上で両手を握り締めている。

「あの……あのさ、なんて言っていいのかわからへんけど」

いくぶんためらったように、郁人がぱっと顔を上げた。

「頑張れよ。……負けんな」

かすかに明偉斗がうなずいたのがわかった。

郁人の真っ赤な目を見て、茜はほっとした。だれかのために泣くことのできる、優しい人が、すみれのそばにいてくれてよかったと。そう思ったのだ。

それからしばらくして陽時と、泣きはらしたような目をした朝日に付き添われて、三波《みなみ》が駆け込んできた。

母親と、そして警察に連絡がついたので、一度明偉斗を児童館につれて帰るという。

ここからは自分の仕事だと三波は言った。

小さい靴に足をつっこんでいた明偉斗を呼び止めたのは、いつの間にか席を外していた青藍だった。

「――待ち」

その小さな手に、何かを握らせる。

一本の扇子《せんす》だった。

竹で削られた扇骨《せんこつ》は磨き上げられているものの、竹の地《じ》がそのまま露出している。いつもならつるりと磨き上げられているはずの切り口は、急いで鑢《やすり》をかけたのか、断面もそのままに白く濁っていた。

蛇腹《じゃばら》に折られた扇面《せんめん》には薄い和紙が差し込まれている。絵具がうつるのをふせぐためだと青藍が言った。

「さっきの土蜘蛛退治の絵や。雑なんは許せ。あとぼくは……職人さんやあらへんから。不格好なんも仕方ないて思といてくれ」

青藍は明偉斗の手に自分の手を重ねてぐっと握った。

「使い方を教えたる」

いいか、と青藍は明偉斗と自分の間に、その扇子を置いた。一本の線を引くように、茜には見えた。

「扇子は境界線やて考えかたがある。境目ってことやな」

茶席で使うときに自分の前に置くのは、相手を尊いものとしてみなし、自分と相手の前に線を引くためだと青藍は言った。

それも一つの境目だ。

「結界を張るとか線を引くとか、壁をつくるとか、なんでもええ。何か怖いものを見たら、これを握って、自分と怖いものの間に線を引け」

青藍がいいな、と言い聞かせるように続けた。

「自分が大切にされるべきものやて、ちゃんと思い出すんや」

明偉斗はぐっと、扇子を両手で握り締めた。すがるように額《ひたい》を寄せる。

何かに祈るように茜の目にはうつった。

「……うん、そうする」

それは結局気休めでしかないのだと、みなわかっている。

すぐに何かを変えることは、きっとできない。世の中の仕組みは複雑で、助けたいのだと手を伸ばすこともままならない。

沈みかけの夕日に照らされて、長い影が伸びている。

三波に手を引かれた明偉斗の影が、一歩、一歩踏みしめるような彼の歩みにあわせて、ゆらゆらと揺れている。

「ぼくらができることは少ないな」

傍らでともにそれを見つめていた青藍が、ぽつりとつぶやいた。

暴力からも、きっとこの先訪れる困難からも、守ってやることはできない。歯がゆくてもどかしい思いは、ここにいるみなが抱《かか》えていると茜も思う。

「そんなことないよ」

そう言ったのは朝日だった
「あたしはここで、みんなに助けてもらった」

夕暮れの色をした雫《しずく》が、揺らぐ瞳からはらりとこぼれ落ちる。

「辛《つら》いときに大丈夫だよって言ってもらえるって、すごく心強い。少なくとも次から明偉斗くんはたぶん、ここに、逃げてこられると思う」

だれかの人生に手を差し伸べることは難しい。運命を変えることはできないし、ただ黙って見送るしかないことだってたくさんある。

でもふと偶然の重なったそのときに、だれかのそばに寄り添ってやることはできるはずだと、茜は思う。たとえそれがほんの一瞬でも。

夕暮れは色を変え、街を青に染め上げる。

夜が来る。せめてこの夜に彼のそばに化け物が現れないように、ただ手を握って祈る。

一歩、また一歩と歩きだしていくその先が、せめて穏やかな未来につながっていますようにと。

4

翌週の日曜日。

朝から茜《あかね》のスマートフォンに連絡があった。朝日《あさひ》からだ。いわく、バターたっぷりのクッキーが食べたいとのことである。

「あれ、茜ちゃん、お昼ごはんもパン？」

暖簾《のれん》を上げてリビングに入ってきた陽時《はるとき》が、首をかしげた。グレーのスラックスを穿《は》いて、片手に持っていたセットアップのジャケットを椅子に引っかける。金色の髪はくしゃりと後ろになでつけていた。

今日は珍しく、外で商談のある青藍《せいらん》に、付き添うのだという。

「こっちはクッキーです」

茜はオーブンから天板を引き出して、傍《かたわ》らのバットに焼きあがったクッキーをうつす。バターと、ついでにコーヒー味とチョコレート味も焼いてみたのだ。

「すごい量だね……」

あっけにとられている陽時に、ソファに座ったすみれが呆れたように言った。

「朝日ちゃんが来るんだって。クッキー食べたいって言ってたから、茜ちゃん、張り切ってんだよね」

自分でもうすうす自覚しているのだけれど、どうやら茜は、だれかからのリクエストがあると張り切るほうらしい。すみれにすっかり見透かされているようで、茜は恥ずかしさをごまかすように肩をすくめた。

陽時が、へえ、と視線をそらした。

「……朝日ちゃん、来るんだ」

「夕食に誘おうかと思ってるので、リクエストがあれば……あ、でも陽時さん、今日は晩ごはんいらない日でしたっけ」

茜はキッチンのカレンダーを振り仰いだ。各々《おのおの》、出かけたり残業や部活で食事がいらないときは、そこに書いておくことになっているのだ。

陽時がもごもごと口ごもった。

「いや、朝日ちゃんも今日は晩ごはんは断ると思う。約束があるから。……おれと」

最後は消え入りそうな声でそう言って、ジャケットをひっつかむと暖簾を跳ね上げた。

「行ってきます！　――ほら、青藍行くぞ！」

玄関先で二人言い合う声が、やがてすっかり遠ざかったあと。

茜とすみれは、まじまじと顔を見合わせた。

すみれが、にやあ、と満面の笑みを浮かべる。たぶん、いま自分も同じ顔をしているのだとわかった。これは問い詰めなくてはなるまい。

「茜ちゃんクッキー！　ハート型の焼こう。大きいやつ」

「焼こう！　まだ生地《きじ》あるし」

ばたばたとキッチンに駆け込んできたすみれが、冷蔵庫のドアを引き開けてイチゴジャムの瓶をひっつかんだ。

「これで赤色にしよう、赤いハート！」

柄《がら》にもなく二人で手を叩いてはしゃぎ合う。

たくさんのお菓子を並べよう、あたたかい紅茶を淹《い》れて、きっと顔を真っ赤にする朝日とたくさん話すのだ。

だれかの幸せな気配に、いつもよりいっそう、初夏の庭が輝いて見える。

——その朝日が最初に切り出したのは、明偉斗《めいと》のことだった。

「児童館の職員さんと児童相談所の人と、あと警察が間に入ってくれて、明偉斗くんのお母さんと、相手の男の人と話し合ってるみたい」

明偉斗はしばらく、母方の祖父母のもとにあずけられることになったそうだ。少し遠いけれど、そこから小学校に通っている。

「また月白邸《つきしろてい》に遊びに来たいって言ってたって、三波《みなみ》さんから聞いたよ」

明偉斗があの手で、お守りのように扇子《せんす》を握り締めていた姿を、茜はきっと忘れることはできないだろうと思う。

「青藍さんもきっと、待ってると思います」

あれから青藍も口には出さないけれど、明偉斗のことをずっと気にかけている。結局何もできなくて、もどかしい気持ちだったのはみな同じなのだ。

初夏の光に祈るように、しばらく沈黙が降りた。

いつか明偉斗がまたこの庭で笑う日が来るといいと、そう思った。

——ティーポットの紅茶が半分ほどに減ったころ。

そういえば、と朝日が言った。

「すみれちゃんの彼氏くん、結局どうだった？　青藍さんと陽時さん、大丈夫だったの？」

茜はううん、と首をかしげた。そのあたりはかなり微妙なところなのである。

「悪くはないと思ってるらしいんですよね」

コーヒー味のクッキーをかじりながら、茜は言った。

明偉斗のことがあったとき、騒ぎ立てることも面倒だと逃げ出すこともなく。そばにとどまって、明偉斗に心を寄せて泣いていた郁人《いくと》のことを、青藍も陽時も案外気に入ったのではないかと思うのだ。

ただそのあたりは複雑な兄心というやつで、また来るか、などとは口が裂けても言いたくないらしい。

結局のところ、休みの日にすみれが出かけるとなると、二人そろってそわそわしているぐらいに落ち着いた。

「そのうちホームパーティでもやって、招待してみようと思うんですよね。わたしもっと、郁人くんと話してみたいし」

「……もう、わたしのことはいいよ」

自分のことはやはり照れるらしい。すみれがそれより、とテーブルに身を乗り出した。

「朝日ちゃんこそどうなの」

「……どう、とは」

「今日、陽時くんと約束してるんでしょ。陽時くんが浮かれてた」

とたんに朝日の顔が、見事に赤く染まった。問い詰めるまでもなくわかりやすかった。

うぐ、うう、となんだかよくわからないうめき声を上げたあと、朝日はその真っ赤な顔でぐう、とうつむいた。

「あのね……その、いちおう、あたしが陽時さんの、か……彼女ということになった」

思わず立ち上がった茜は、隣のすみれとパチン、と両手をハイタッチさせた。

長かった、とほろりと笑みがこぼれる。

「いつ？　どっちから⁉」

すみれの顔がわくわくと輝いている。

「あの日の、翌日。……陽時さんから……鴨川《かもがわ》の河原で」

へえ、と茜は目を丸くした。意外だなと思ったのだ。

陽時ならおしゃれなレストランだとか、夜景の見えるバーとか、そういうところをたくさん知っていそうだからだ。

ソファの上で丸まるように頭を抱《かか》えた朝日が、そろりと顔を上げた。

――明偉斗の話を聞いたあと、涙が止まらなくてずっと泣いていた朝日のそばに、陽時はいつまでも寄り添っていてくれた。

「……あたし、お父さんも……お母さんもそういう人だったでしょ」

朝日がへにゃり、とまなじりを下げた。幼いころに、暴力的だった父のもとから母と二人で逃げてきた。母の実家の山形に戻った朝日だったが、今度は母が朝日をそこに置いたまま、別の男と出ていったのだ。

だから朝日も、泣いているうちにだんだんわからなくなった。

「明偉斗くんのことが辛《つら》いのか……あのころのあたしが辛いのか。でも今辛いのは明偉斗くんだからって、すごく情けなくて」

そうしたら陽時が言ったのだ。


明偉斗くんは朝日ちゃんが助けてあげて。だから、朝日ちゃんのそばにはおれがいるよ。


重ねられた手があたたかくて、たまらなくて。

ずっと止まらない涙を、陽時は見ないふりをしてくれた。

翌日、泣きはらした顔でそれでも仕事に出た朝日を、陽時は夕方に迎えに来てくれた。

「……鴨川に散歩に行こうって」

きっと元気がないだろうからと、気遣《きづか》って誘ってくれたのだ。

夕日がとろける鴨川のほとりを、たくさんの観光客に交じって二人で歩いた。初夏の鴨川にはすでに川床《かわゆか》が作られていて、ゆらゆらと支流の川面《かわも》に影を落としている。

淡い紫色に染まる空はずっと高く、北には鞍馬山《くらまやま》や貴船山《きぶねやま》が見える。ぐるりと山に囲まれた京都の姿が一望できる場所だ。

三条《さんじょう》のカフェであたたかなカフェオレを買ってもらって、二人でぽつぽつと歩くうちに、手が重なって。見上げたらそこに真っ赤になった陽時の顔があった。

そうして、震えるように彼が言ったのだ──。

「──……そこからは、内緒」

これまた真っ赤な顔でそう言って、朝日はぱふ、と膝《ひざ》に顔を埋めた。

茜は肩を震わせる。

なるほど、たぶん陽時にとっても想定外だったのだ。

きっと陽時だっておしゃれなレストランとか、夜景の見えるバーでの告白を想定していただろうし、あの人のことだからかわいいアクセサリーの一つも用意するつもりだったかもしれない。

でも、その計画はぜんぶだめになった。

ぐるぐると胸の内を満たし続けた想いはふいにあふれて、予期せず転がり出て、結局告白はお散歩中の鴨川の河原になったのだ。

ああよかったと、茜はすみれと顔を見合わせた。

この二人は長く、ずっと時間をかけて互いにゆっくりと歩んできた。

たくさん間違えて、たくさん傷ついて、傷つけて。

そうしてやっと——本当の心を見つけたのだ。

月白邸の庭はすっかり夜闇に沈んでいる。

今日は、月のない夜だった。

風が吹くたびに形を変える木々の影がざわり、とどこか不気味さをはらんで揺れている。

「——青藍さん」

離れの外から声をかけると、応《いら》えがあった。

青藍の仕事部屋はいつも橙《だいだい》色の光で満たされている。そのあたたかさと、紙と絵具のにおいに、いつもほっと心が落ち着くのだ。

青藍は寝室の絵の前で筆を握っていた。

床に寝かせたその絵は、茜のよく知る青藍の課題だ。

花の咲かない桜の枝の周りは今、彩りであふれている。

この絵に完成はないのだと、茜は感じている。これは青藍の人生そのものだからだ。

「——……ほんま、時間かかったなあ」

こちらを振り返った青藍の口元が、ほろりと緩《ゆる》んだ。

背筋を伸ばした金色の猫のそばに、もう一匹。橙色の猫がすんとよそを向いて、背中合わせに寄り添っている。

それで、青藍もきっと陽時から聞いたのだろうとわかった。

「きっとこれからもゆっくりですよ」

これからあの二人は手探りで、互いの心に触れ合っていくのだ。

「青藍さん、祝杯ですよ」

茜は板間の上に盆を置いた。漆塗《うるしぬ》りの盆には、玻璃《はり》の皿が三つ。ジュンサイの酢の物と、固めのざる豆腐に生姜《しょうが》と茗荷《みょうが》、たっぷりの葱《ねぎ》を刻んでのせたものを見たときは、青藍の目がわずかばかり輝いたような気がした。この豆腐が青藍の好物なのだ。

青藍の傍らに置かれていた徳利《とっくり》は白磁に青い蓮《はす》、そろいの猪口《ちょこ》は二つ。一つは茜の分だ。

最近茜は、青藍の酒に付き合うようになった。

「ほら」

青藍が蓮の徳利から酒を注いでくれる。とろりとなめらかなそれは甘い芳香を放っていた。濁り酒《しゅ》だった。

口に含むと蜂蜜のように甘く、ぱちぱちと口の中で炭酸のように弾《はじ》ける。

「おいしいです」

「ジュースみたいやし、飲みやすいやろ」

青藍の好みはもっときりりと涼やかな、いわゆる辛口《からくち》であることを茜は知っている。あまり甘いものが得意ではないのは、酒にしたって同じなのだ。

それが最近、あれやこれやといろんな銘柄を試しているのが、どうやら茜のためらしいと気がついたのは最近だった。

「茜は二杯までやからな。それから水はちゃんと飲んで、体調悪い思うたらすぐ言い」

二十歳《はたち》になって初めてわかったのだけれど、茜は案外酒に強いらしい。

感覚では徳利の一本ぐらいあけても平気だろうと思うのだけれど、青藍はいつも勝手に、茜は二杯までと決めてしまっている。

「青藍さん、わたしみたいですよ、それ」

いつも、水を飲め、肴《さかな》も食べろと言うのは茜の役目だった。
ふてくされたように、青藍がふ、と目をそらした。
「……今になって、おまえの気持ちがわかる」
それはつまり、茜のことを心配してくれているということだ。
おそらく好みではない酒を照れ隠しとばかりに呷《あお》って、青藍がふん、とよそを向いた。
その耳がちょっと赤くなっているのが、なんだかおかしくて。
そうして……たぶん、うれしくてたまらない。
月白邸の庭を風が吹き抜けて、ざわりと木々が揺れる。
そして何より、と茜はきゅう、と目を細めた。
この静寂《せいじゃく》をともに過ごすことができるのが、幸せでたまらないのだ。

三　皐月の毒

1

六月の中ごろ、大学の大講義室で茜《あかね》は長いため息をついた。

「……暑」

最大三百人を詰め込むことができる講義室は、前方の教卓に向かって、劇場の客席のようになだらかな階段状に席が連なっている。東向きの大きな窓は昼も過ぎたこの時間、ようやく日差しを取り込むのをやめたところだった。

ここ数日の急な夏日に集中管理の空調システムは迷走状態で、一階の大講義室は蒸し風呂のようになっている。

茜はTシャツの上に羽織っていた、薄手のパーカーを脱いだ。半袖《はんそで》になってもまだ汗が止まらない。

「こんなん、窓開けたほうがましやって」

隣でため息交じりに瑞穂《みずほ》が立ち上がった。

山辺《やまべ》瑞穂は茜の、高校からの同級生だった。

小柄で背中まで長く伸ばした髪を、今日は丁寧《ていねい》に巻いている。薄紫のワイドパンツにノースリーブのブラウスで、うっとうしそうに髪をかきあげる手の爪には、ぷっくりとしたネイルが施《ほどこ》されていた。

　瑞穂は経済経営学部、教育学部の茜とは同じキャンパスで、一般教養の授業を併せてとることも多いのだ。

「手伝うよ」

　茜も立ち上がると、窓の横にある銀色のレバーに手をかけた。がこん、と手元でレバーの音が鳴って、とたんに生ぬるい風が吹き込んでくる。

　重く湿度を含んだ、京都の夏の風だった。

　ふん、と瑞穂がわざとらしく顔をそむけた。

「べつにいいですう。何年も友だちやないて思てた人に、手伝ってほしくないですう」

「瑞穂ちゃん、まだ拗《す》ねてる」

　がこん、がこん、と講義室の窓を開けながら、茜は苦笑交じりに肩をすくめた。

　瑞穂は高校生のころから明るくてだれにでも優しかった。大学でもいくつかのサークルを掛け持ちしていつも周りに人がいて、学生生活を華やかに謳歌《おうか》している。そういう人だ。

　だから同じ大学だとわかったときに瑞穂が喜んでくれたのも、一般教養の授業を一緒にとろうと言ってくれたときも、もと同級生の自分を気遣《きづか》ってくれているのだろうと、そう思っていた。

茜は瑞穂のことを友だちだといいな、と思っていたのだけれど、彼女にとって自分はたくさんの中の一人なのだからと。

それが一年前、ロンドンに行くと言った茜の前で瑞穂がぼろぼろと泣き始めた。あわてなだめる茜の前で、瑞穂は言ったのだ。

友だちとしばらく会えなくなるのが、とてもさびしい。

それで茜は、情けないことにそこで初めて、瑞穂も自分のことを本当に友だちだと思ってくれていたのだと知ったのだ。

——という話を、留学から帰って瑞穂にした。それからずっとこうだ。

「べつにぃ。拗ねてへんもん。悲しかっただけやもん」

「だからほんと、ごめんってば」

最初は悲しそうな瑞穂に対し、罪悪感でじりじりと胃が痛かったけれど、このやり取りも何度目かになると、茜のほうもだんだん適当になってくる。

「だって瑞穂ちゃん、友だちたくさんいるし。同じ高校だってことで気にかけてくれてるだけだって思ってたんだよ……わたし、友だちあんまりいないし」

家のことに、大学になってから始めたアルバイト、そして授業や留学の準備と大学生になっても茜は、相変わらず忙しかった。

大学というところはクラスの縛りがない。

同じ講義をとっている人たちと、顔を合わせれば話したり、帰りに遊びに行くようにはなったけれど、仲のいい友だちというわけではない。

結局、高校のときと同じ、だれとも適度な距離を置いて、特別嫌われもしないけれど仲のいい人もいないのだ。

瑞穂が窓枠に手をかけたまま嘆息した。

「その人らも茜ちゃんのこと、友だちやって思ってるんとちがうん？　茜ちゃんってさ、友だちのハードル、めっちゃ高いよね」

茜は目を丸くした。そんなことを考えたこともなかった。

「そうかな……」

言われてみれば、友だちの定義とはどこにあるのだろうか。ここから友だちだ、と線を引くのはとても難しいような気がする。

友だちだとか――家族である、とか……。

大切なことほど、とてもあいまいであやふやなのだ。

真剣に考え込んだ茜に、瑞穂は呆れたように言った。

「そういうとこやって。茜ちゃんの真面目《まじめ》なとこ、あたしは好きやけど、考えすぎてることもあるって思うよ」

瑞穂がその唇をほころばせた。新作のオレンジのリップは夏の太陽によく映《は》えて、瑞穂にぴったりだと思った。

「一緒にいて楽しかったら友だちでええやん。あたしは茜ちゃんといて楽しいから友だちやって思う」

「……そうかあ」

この瑞穂の人付き合いの軽やかさに比べれば、自分はたしかに考えすぎだ。

これくらい気軽に人と話したり、友だちと付き合ってみることができるのが、とてもうらやましい。

「あと、あたしももっとちゃんと、言っていくわ」

きょとんとした茜に、瑞穂がオレンジの唇をむっと尖《とが》らせた。

「茜ちゃんは言葉にせな、信じてくれへんもんね。友だち、友だち、友だち！　茜ちゃんはあたしの友だち！」

「うわ、やめてって、なんか恥ずかしいって！」

ぶんぶんと両手を振って、茜は叫んだ。

「何が恥ずかしいんよ、あたしが友だちだと恥ずかしいってこと？　うっわひど！」

「そんなこと言ってないじゃん。瑞穂ちゃんみたいに、友だちとか信じるーとか、照れるし、小学生じゃあるまいしさ」

「はあ、あたしが子どもっぽいって言いたいん⁉」

むすっと二人で顔を見合わせて、ふ、とたがいに口元を緩《ゆる》めた。

ふいに、たまらなくうれしくなった。夏のぬるい風の中で、友だちと笑い合っている、この何でもない日々がずっと続けばいいのに、なんて思ってしまう。

ふいに風が吹き込む。

瑞穂が強い風に髪をなびかせて、でも、と言った。

「自分で言葉にして、自覚するってこともあるかもしれへんしさ」

なるほど、と茜は心底感心した。

言葉は自分のあいまいな心を、形にしてくれるのかもしれない。

「よし、わたしももっと気軽にいく。あと、ちゃんと言葉にもしてみようと思う。言わなくちゃ伝わらないっていうのは、そうだと思うから」

「んー……うん、そのあたりが真面目なんよね」

あはは、と笑った瑞穂が、ふと窓の外を見やった。「あっ」と声を上げて、開けた窓から外を見下ろす。

窓のすぐ下には、講義棟をぐるりと囲むように花壇が作られていた。

黄緑と深緑が混じる厚みのある葉の隙間《すきま》に、ぽつ、ぽつと花が咲いている。紗《しゃ》のように薄く光を透かす、花びらは五枚。星を煮溶かしたように、とろりとした形をしている。

色は目の覚めるような、毒々しい──紅《くれない》色。

「つつじ咲いてるやん」

瑞穂の隣から身を乗り出して、茜は言った。

「あれは、つつじじゃなくて皐月《さつき》だと思うよ」

「どうちがうん」

「同じツツジ科の品種らしいんだけど、花びらの大きさと咲く時季。つつじはもっと大きいし、春に咲くんだって」

月白邸の庭には、つつじも皐月もどちらも植わっている。春から一斉に鮮やかな桃色や白の花をつけるつつじのあとに、紅色の皐月がぽつぽつと花開くさまは美しく壮観だった。

へえ、と瑞穂が感心したようにうなずいた。

「茜ちゃんて、そういうの詳しいんやね」

「そう？　月白邸《つきしろてい》で暮らしてるからかな。お庭が自然のままって感じなんだよね」

月白邸の雑多な植生の中で暮らせば、植物にも詳しくなろうというものである。

「でも詳しいって言ったって、紫陽花《あじさい》が咲いたらそろそろ梅雨《つゆ》だなとか、紅葉《もみじ》散ったから冬物の準備をしなくちゃ、とか、そのぐらいだよ」

「それがええんやん」

瑞穂がぱっと笑った。

「だって、カレンダーとかなかったころは、みんなそうやったんやろ。それってすごくない？」

茜は目を丸くした。瑞穂の言うとおりかもしれないと思った。

季節ごとの風で暦《こよみ》を知り、咲く花であたたかさを感じ、梢《こずえ》が揺れる音で目を覚まし、木々に切り取られた夜空を見て過ごす。

それはきっと、とても贅沢《ぜいたく》なことなのだ。

——かしゃり。

おりからの強い風に吹かれて、庭の白砂がかすかな音を立てた。

硝子障子《ガラスしょうじ》の向こう側に広がるその庭は、曇天《どんてん》の影をうつして灰色に沈んでいるように見える。

黄緑色の葉をつけるしだれ桜が、その枝を風に遊ばせている。落ち着いた深緑の松の枝、苔《こけ》むした庭のあちこちには、形の良い石が配されていた。

広大な庭を重い風が吹き抜ける。

この庭はいつも静かだ。月白邸とは違う、色も音もどこか淡く静寂《せいじゃく》に沈んだこの庭を、茜はいまだに好きになることができない。

それは、傍《かたわ》らで不機嫌そうな顔をしている青藍《せいらん》も同じであるようだった。

京都、下鴨《しもがも》神社のほど近くには古い森がある。糺《ただす》の森という。二千年以上前の古い植生を残す神の森だ。

そのそばに、広大な敷地を持つ邸《やしき》がある。

白壁に続く大きな黒檀《こくたん》の門を押し開けると、その先は寺に似た造りの大きな建物と、この静寂の庭が姿を現す。

千年の昔からこの地にある絵師の一族、東院《とういん》本家の邸であり——青藍の実家でもあった。

千年以上続く絵師の一族で、今でも文化財の修復や、寺や神社に障子絵や襖《ふすま》絵、屏《びょう》風《ぶ》などの調度品を納めているそうだ。

その筆遣《ふでづか》いは東院流とも呼ばれ、すべてを精緻《せいち》に描くことを良しとし、色は淡く色づけるにとどめるのがいいとされていた。

茜の父、樹《いつき》の実家である笹庵《ささあん》はこの分家にあたる。

茜は硝子障子の向こうをじっと眺めた。ここに来るたびに思うのだ。

この重たく風の音すら呑まれてしまう庭はまるで、千年続く一族の、静寂そのもののようだ。

「――相変わらず不機嫌そうやな」

神の森を吹き抜ける風のように涼やかな声がした。

振り返った先で深緑色の着物の裾《すそ》が揺れた。縞《しま》の帯、羽織は灰。わずかに細めた切れ長の目は青藍によく似ている。

東院珠貴《たまき》。

青藍の十四歳離れた兄で、本家の現当主だ。

珠貴と青藍は母親違いの兄弟だ。

先代、東院宗介《そうすけ》とその妻、志麻子《しまこ》の間に生まれたのが珠貴であり、その十四年後、宗介と、邸で働いていたという女との間に生まれたのが青藍だったそうだ。

そういえば、と茜は思う。

青藍から、彼の母の話を聞いたことはない。彼女は青藍が生まれてすぐ、彼を邸へ置いたままどこかにいなくなってしまったと聞いた。

もしかすると青藍自身も、母のことを何一つ知らないのかもしれない。

珠貴の母、志麻子は当然ながら青藍のことを毛嫌いした。青藍は母屋《おもや》に上がることを許されないまま、ずっと離れで暮らしていた。

小学生のころ、宗介が亡くなり珠貴が跡継ぎになったとき、青藍は志麻子によって絵を描くすべをとり上げられた。

灰色のような一年を過ごしたあと、宗介の友人だった月白《つきしろ》につれられて、月白邸へやってきたのだ。

月白邸——久我家《くがけ》はかねてより扇子《せんす》を生業《なりわい》とし、さかのぼれば東院家の遠い分家筋にあたる。月白はその本名を久我若菜《わかな》といった。そして月白が亡くなる前に、唯一《ゆいいつ》の弟子であった青藍があの邸と、久我の名を継いだのだ。

東院青藍はそのときから、久我青藍になった。

青藍が嫌そうに眉を寄せた。

「……ここに来て、ぼくがご機嫌やったことありますか?」

「いけずなこと言うなあ。ぼくはおまえに会いとうてたまらへんのに」

珠貴の目がきゅう、と細くなる。この人は物腰も言葉遣いも柔らかく丁寧《ていねい》だけれど、底を見透かすことのできない冷たさをその奥に宿している人だ。

「よう言わはるわ」

青藍が風呂敷包みを差し出した。中には飾り扇子の箱が四つ納められている。

「梅雨と夏と初秋と月見です」

「なんや、えらいまとめて持ってきたなあ」

「これで半年は顔出さへんですみますさかい」

珠貴が苦笑した。

青藍が『結扇』の商売を再開して、ほうぼうから飾り扇子の依頼を受けていることは、すぐに珠貴の知るところになった。

自分にも一つ作ってほしいと珠貴が言うのを最初、青藍はかたくなに断っていた。それで諦《あきら》める珠貴ではなく、結局押し問答の末に根負《こんま》けする形で、こうして本家に、季節ごとに納めるようになったそうだ。

「えらい評判ええよ、床《とこ》の間《ま》に飾るとどこの扇子やてよう聞かれる」

「どうせうちの絵師が描いたもんやて、吹聴《ふいちょう》して回ったはるんでしょう」

東院家は今、緩やかに衰退に向かって歩み続けている。かつてほど腕を持った絵師がいなくなっているからだ。

だから珠貴は青藍が欲しい。

青藍の、画壇で天才と評される、『春嵐《しゅんらん》』のその腕が欲しいのだ。

青藍は東院家の名で絵を描くことはない。

それは青藍自身が家を捨てたからでもあり、自分の絵が東院流ではないのだと、そう主張するかのようでもあると茜は思う。

東院流の絵は静かだ。洗練されていていつも凪《な》いで――色がない。

その静寂の絵を青藍は好まない。

ふ、と息をついた珠貴がわずかに目を細めた。

「これを描いたのは……ぼくの弟やて。そう言うことにしてる」

瞠目《どうもく》した青藍がきまり悪そうに視線をそらした。

珠貴と青藍が互いに気まずそうに唇を結んでいる。そのぎこちなさに茜は思わず、くすりと笑った。

これでも二人はずいぶんと歩み寄るようになった。

呼ばれれば、青藍は三度に一度は本家に顔を出すようになったし、珠貴ともこうして軽口を交わすようにもなった。

兄と弟、本妻の子と不義の子。

立場も経緯《いきさつ》も複雑な互いの確執《かくしつ》は長年の間にこじれすぎて、薄れていくことはあってもきっとこの先なくなることはない。それは二人ともわかっている。

それでもなんとかお互いに兄弟であろうとするさまは、これまでを思うと切なくて、けれどどこかあたたかな光景にうつるのだ。

「――せいらんだ！」

そのとき、舌ったらずな声が飛び込んできた。開け放した障子の向こうから、ひょい、と小さな男の子が姿を現した。

ふくふくとした頬は興奮したように赤みが差して、うれしそうに見開かれた目はまん丸で、きらきらとした光を帯びている。

その顔を見たとたん、青藍がじり、と身を引いた。

「直希《なおき》……」

「直希、青藍と茜さんに挨拶《あいさつ》し」

珠貴が手招くとその子が部屋に駆け込んでくる。一度珠貴を見上げて、そうして青藍を見やった。

「こんにちは、青藍」

「……こんにちは」

青藍がぼそりと答える。

直希の丸い瞳は次は茜をとらえた。少し考えて、はじめまして、と言った。

「ぼくは東院直希です」

「こんにちは、七尾《なお》茜です。久我青藍さんのおうちでお世話になっています。今は大学生です」

とたんに直希がええっと丸い目をさらに丸くした。

「青藍と!? ええな! ぼくも、青藍とこがええ!」

「直希の家はここやろ」

珠貴が呆れたように、くしゃりと大きな手でその頭をなでた。くすぐったそうに目を細める直希が、ちらりと珠貴を見上げたのを茜は気がついていた。

ぎゅっと両手を握り締めて、ほんの少し緊張しているのだろうということも。

東院直希は、今年三歳になる珠貴の息子だった。

青藍や珠貴と同じ、さらさらの黒髪に切れ長の瞳で、どうやらこれが東院家の遺伝子らしい。

茜と直希は、実のところ「はじめまして」ではない。

茜は生まれたばかりの直希に会ったことがある。小さくてふくふくのほっぺたをした赤ん坊を、珠貴がもてあますようにその腕に抱いていた。

壊れてしまいそうな脆《もろ》い命を、おっかなびっくり、けれど大切そうに抱《かか》えているそのさまは、どこか青藍に似ていて。

この人たちはやっぱり兄弟なんだなあと思ったのを覚えている。

直希が青藍の手をつかんだ。

「青藍、こっち」

ぐいぐいと引っぱられて立ち上がると、青藍は隣の客間に引きずられていった。

この直希はどういうわけか、ともに住んでいる父親よりも、めったに顔を合わせない青藍に懐《なつ》いているのである。

珠貴がぼそりとつぶやいた。

「……なんでやろうな。青藍にばっかり」

「青藍さん、子どもに人気あるんですよねえ」

あの鋭い目つきと高い身長と、人嫌いでだれも寄せつけないとばかりの威圧感から、不思議なものだと思っていたのだけれど、今はその理由がわかるようになった。

子どもたちのほうが、あの人の本質的な優しさに気づくのが、ただ少しばかり早いだけなのだ。

「ぼくが父親やのになあ」

茜は思わず傍らを振り仰いだ。珠貴が客間に消えていく二人の背をおもしろくなさそうに見送っている。

その茜の視線に気がついたのか、珠貴が気まずそうに眉を寄せた。

「なんえ？」

「あ、いえ……珠貴さんでもそういうことで悩むんだなと思って」

茜もう前ほど珠貴のことを、得体《えたい》の知れない冷たい人だとは思わなくなった。この人にも柔らかな部分があると、ちゃんと知っているからだ。

ふん、と嘆息して珠貴が客間をのぞき込んだ。

そこでは直希が右ポケットから機関車の、左ポケットからはパトカーのおもちゃを取り出して、畳に座り込んだ青藍に突きつけているところだった。

「直希、今日のぶんのはもう描いたんか」

満面の笑みだった直希が、しゅんとうつむいた。首を小さく横に振る。

「じゃあ遊ぶんは、そのあとやな」

「…………せいらんとやる」

頬を膨《ふく》らませた直希がおもちゃを畳に投げ捨てて、隠れるように青藍の後ろに駆け込んだ。青藍が困ったように振り返った。

「ぼくはやらへんよ」

「嫌や。せいらんとやる」

　小さな手が青藍の藍《あい》の着物をくしゃりと皺《しわ》にする。いいでしょう、とうかがうように珠貴を見上げたその顔は、挑むような恐れるような、そんなふうに茜には見えた。

　結局、折れたのは青藍だった。

　道具をとりに行くと駆け出した直希を見送って、青藍がこちらに視線を向けた。黒曜石の静かな瞳が珠貴を見上げている。

「もう描かせてるんですね」

「直希も三つになる。ぼくも青藍も、初めて筆を持ったんはそのぐらいや」

　珠貴の目が細くなった。その内に氷を抱いた、一族を背負うものの怜悧《れいり》な瞳だ。

「あの子はうちの跡取りやさかいね」

　冷たいほどの静寂があたりに満ちていく。

　この一族の静けさと重圧を、あの子も背負って生きるのだろうか。

　珠貴が手を伸ばして、畳の上に投げ捨てられた機関車のおもちゃを拾い上げた。直希のお気に入りなのだろう。あちこちぶつけたり塗装が剝《は》げたあとがあった。

「あの子には描いてもらわな困るんや」

大きな手のひらにそれを包み込んで、絞り出すように珠貴はそうつぶやいたのだ。


「――うわ」

その客間の惨状を目《ま》の当たりにして、茜は声をひきつらせた。畳に大の字に寝転がっていた青藍がのろのろとこちらを向く。

「静かにせえ。やっと寝たんや」

その青藍の着物をつかんだまま、隣で直希がすやすやと寝息を立てていた。手や頬に絵具がついていて、あたりには紙や筆が散乱している。

最初のほうこそ直希は、珠貴の手本に従って行儀よく絵を描いていたものの、数枚終わったあたりでさっさと飽きてしまった。

そこからは、巷《ちまた》で悪魔と名高い三歳児の本領発揮である。

青藍が手なぐさみに描き散らしていた絵の横に、絵具をぶちまけて好き勝手に塗りつぶしたあと、たどたどしい筆致《ひっち》で線路と道路をはやし始めた。そこに自分の部屋から持ち出してきたらしい、かずかずの車のおもちゃを走らせ始めたあたりで、珠貴と茜は顔を見合わせて、そっと客間をあとにした。

青藍一人をいけにえに残して。

「――どこ行ってたんや」

じとりとにらみつけられて、茜はすっと視線をそらした。

「珠貴さんのお茶室で、お茶をいただいていました」

珠貴は茶と花に才があるという。庭に専用の茶室をかまえていて、そこで茶の相伴《しょうばん》にあずかっていたのである。

「優雅やな、ぼく一人置いて」

「すみません……」

素直に謝る茜の後ろから、くす、と笑い声がした。

振り返ると、美しい女性が立っている。

「直希がほんまにお世話になって。青藍さんが来てくれはるの、楽しみにしてるから。きっとはしゃぎつかれたんやねえ」

抜けるように白い肌、丸みのある二重《ふたえ》の目は微笑むといくぶん幼く見える。すらりと身長が高く、客間に入ると長い足を折りたたむように直希の横に膝をついた。

珠貴の妻、有美子《ゆみこ》だ。

青藍の着物を直希の手から解放すると、有美子は、ね、と珠貴に向かって微笑んだ。

青藍より四つほど年上の彼女とは、直希が生まれたときに初めて顔を合わせた。茜が受験に奮闘していたころ、分家筋から見合いで嫁《とつ》いできたそうだ。

いつも淡い笑みを絶やさない、この静寂の庭によく似合う人だった。

「有美子さん、直希を部屋まで運びましょうか?」

珠貴の言葉にはわずかばかりの遠慮がうかがえた。有美子が首を横に振る。

「大丈夫ですよ。珠貴さんは青藍さんにご用事があらはるんでしょう。直希はここでわたしが見てますから」

伸ばした珠貴の指先が、宙で行き場を失ったようにさまよった。

珠貴と由美子の間には信頼感と、ともに日々を過ごす人への安心感が垣間見《かいまみ》える。けれど同時に、まだ互いにどこか他人であるかのような。

奇妙な距離があるのを、茜は感じていた。

広い客間を、珠貴は引き出した障子で仕切った。細い隙間の向こう側に、おもちゃを片付けながら直希に寄り添う有美子が見える。

盆に用意された急須《きゅうす》とポットで茜が茶を淹《い》れると、それを飲み干した青藍がほう、と息をついた。ようやくひとごこちついたのだろう。

湯飲みを置いて、それで、と向かいに座った珠貴を見やった。

「ぼくに、なんの話ですか」

今日ここに、話があると言って呼び出したのは珠貴だ。一人で行くのが嫌だとさんざん渋った青藍を、茜がほとんど引きずるようにして連れてきたのである。

「おまえに渡したいものがある」

伏せた珠貴の目の横には深い皺が刻まれている。珠貴はもう四十代も半ばだが、ふだんあまり歳を感じさせることがない。ずいぶんとつかれているように見えた。

しばらくためらったあと、ぽつりと口火を切った。

「志麻子さんが体壊さはったの知ってるやろ」

志麻子は珠貴の母、先代当主である東院宗介の妻だ。

茜も数度、彼女を見たことがある。

最初に顔を合わせたのは笹庵で行われた父の葬式のときだ。それから何度か訪れた本家の行事では会釈《えしやく》程度の挨拶をしたぐらいだった。

珠貴によく似た美しく涼やかな顔立ちで、怜悧な瞳を持つ人だった。

ここ何年かは年齢もあってか体調を崩しがちで、直希が生まれたのを機に、嵐山《あらしやま》にある別邸に移り住むことになったそうだ。今はその別邸と病院を行き来するような生活をしていると聞いている。

「志麻子さんが嵐山に住まはるようになって、今まで使ってたうちのお部屋を整理しててね。それで……これを見つけた」

珠貴が座卓の上に差し出したのは、細長い桐《きり》の箱だった。三十センチほどはあるだろうか。横から見ると真四角で掛け軸を納める箱だとわかる。

一幅《いっぷく》の掛け軸が納められていた。裏地は茶、磨き上げられた象牙《ぞうげ》の留《と》め具には千鳥《ちどり》の細工が施されている。

紫紺《しこん》の巻緒《まきお》をほどいて、珠貴はするりと掛け軸を開いた。

天地と中廻《ちゅうまわ》しの裂《きれ》は淡い灰の地《じ》、その上に絵が施されていた。

珍しいな、と茜は思った。今まで見た掛け軸で、天地の裂に絵が描かれていたものは多くない。

上部の地には淡い群青《ぐんじょう》の空に、真白の雲が細く糸を引いている。同じ色の柱には柿茶《かきちゃ》の細い枝が幾本か風に揺れていて、赤みがかった葉がついていた。

下部には真白の白砂が敷かれ、ぽつ、ぽつと苔むした石が描かれている。どこかからこぼれ落ちたのだろう、紅《あか》い花びらがはらりと音すら立てるようだった。

茜は思わず、硝子障子の向こうに目をやった。

「ここのお庭だ……」

白砂の敷かれた静寂の庭──東院本家の庭が描かれている。

一文字《いちもんじ》はなく、やや幅広くとられた本紙《ほんし》には真白の紙の中に燕《つばめ》が一羽、つい、と滑るように描かれていた。

繊細な筆遣い、精緻な描きこみ、すべてを淡く溶かし込んでしまう色使いは、東院流のものだと茜にもわかる。

「表具も本紙も先代の筆ですね」

青藍が言った。見開かれた瞳の奥にほんの一瞬、懐《なつ》かしさと憧憬《しょうけい》が揺れる。

この掛け軸は描表具《かきひょうぐ》である。

本来無地か、目立たない模様が施されていることの多い掛け軸の表装部分──いわば額縁《がくぶち》にあたる部分に、本紙の内容に沿った絵や柄が描かれているものだ。

つまり表具も含めて一つの作品ということになる。

先代、東院宗介は、そのころ衰退しつつあった東院流をよみがえらせた人であり、東院流の『先生』と呼ばれるほどの腕の持ち主だったそうだ。

青藍は東院流の絵を好まない。

けれどそれを極めた父が、美しい絵を描く人だということは認めている。

しばらくその絵に見入っていた青藍が、ふと息をついて顔を上げた。

「これを、どうしてぼくに?」

「さあ」

珠貴もわからない、と言わんばかりに首をかしげた。

「最初は床の間にでも飾ろうかて思たんえ。でも志麻子さんに聞いたら、これは……あの子のものやて言わはった」

あの子、と珠貴は、青藍をまっすぐに見つめる。

「……ぼくの?」

青藍は困惑《こんわく》しているようだった。青藍にとって、そして志麻子にとっても。互いは絶対に、相容《あいい》れないものではるはずだからだ。

当然だと茜は思う。

青藍はかつて、この邸で志麻子に絵を描くすべを奪われた。そして志麻子にとって青藍は――おのれの夫の不義の証《あかし》にほかならないのだから。

「どうして志麻子さんが……」

「ぼくもようわからへん。べつに、おまえに関係がありそうなものが描かれてるわけでもあらへんしね」

青藍と珠貴が眉をひそめるさまはとてもよく似ていて、こんなときなのにやはり兄弟だなあと茜は思うのだ。

ふいに青藍が掛け軸に指を滑らせた。本紙の周りをするりとなでて眉を寄せる。

「これ……ちょっとおかしないですか」

首をかしげた珠貴が、本紙に描かれていた燕の下あたりに、たしかめるように触れる。

顔を上げて、いぶかしげに青藍と目を合わせた。

触ってもいいというので、茜もそっと本紙に指を滑らせた。

なめらかな和紙の感触の下に、ぼこりと指に触れるものがある。

「これ、下に何かあるんでしょうか」

青藍がうなずいた。

「よう見たらこの本紙、裏打ちもされてへんしおかしいいて思たんや」

裏打ちは本紙を描いた和紙の裏に、皺や劣化をふせぐための別の紙を貼りつけることだ。

だが燕の絵には湿気を吸ったような、細かな皺が見てとれる。

珠貴がぎゅっと眉を寄せた。

「先代がこんな適当な表装、しはるとは思われへん」

手がけたのは東院本家の先代、東院流の『先生』とも呼ばれた、東院宗介である。

「本紙も表具も先代の筆や。それやったら――」

青藍が、まっすぐに珠貴を見つめた。

「先代がこの下に、何かを隠したはるいうことになる」

その指先が軸の石畳に落ちた紅い花を指した。とろけたような星型の花びらを、茜はどこかで見たことがあるような気がした。

その花がどこからこぼれ落ちたのか、この軸の中では示されていない。

珠貴がわずかに目を見開いて、そうしてぽつりと言った。

「……皐月の花か」

何かを飲み込んで、そうして深く息をつく。そうか、とかすかに、唇が動いたような気がした。

「この下、見てみたいか?」

それはずいぶん確信めいた言い方だ。珠貴はもうこの下に何が隠されているのか、見当がついたのかもしれないと茜は思った。

「でも先代のお軸ですけど、ええんですか」

表具の本紙を剝がすのは、本紙も表具そのものも傷《いた》めかねない行為だ。

「ええよ。それに……いや、どうやろうか」

珠貴が珍しく歯切れの悪い口ぶりでぽつりとつぶやいた。

「そろそろおまえも、ちゃんと知ったほうがええのかもしれへん」

ほっそりとしたその指先がぎゅ、と握り込まれたのを茜は見た。珠貴の瞳にはその毒々しいほどの紅の花が、ゆらりとうつっている。

本紙は手で持ち上げるとぺり、と音がして簡単に剝がれそうだ。

少しずつ剝がされるのを見ながら、茜もどきどきしてきた。

隠されたものを暴く好奇心が少し。

そして、いつもその怜悧な顔に底の知れない笑みを浮かべている珠貴が、珍しくひどく戸惑《とまど》った様子であるから。なんだかたまらなく不安になるのだ。

すっかり剝がされた本紙の裏には——鮮烈な紅色が咲き誇っていた。

「わ……」

茜は思わず声を上げた。

灰色の地の中央に、はがきほどのごく小さな本紙が貼りつけられている。その周りを囲うように、紅の花が彩っていた。

角がとろりと溶けたいびつな星の形をしている。毒々しいほどに鮮やかだ。

皐月の花だった。

青藍が中央の本紙をさらりとなでた。

本紙は、そのほとんどの部分を破りとられていた。触れたときにぼこぼことした感覚がしたのはそのせいだったのだろう。

「……だれや、これ」

残っているのはいびつに剝がされた白い紙のあと。

そしてわずかばかり残された――だれかのほっそりとした足先だけだった。

皐月の花と同じ、赤いハイヒールを履《は》いている。

茜と青藍は、やや困惑したように顔を見合わせた。

ここにはもともと、皐月に囲まれた小さな本紙が表装されていた。それを覆《おお》い隠すようにだれかが――おそらく先代が、燕の本紙を上から貼りつけたのだ。

もともとの本紙に描かれていたのはおそらく女の人で、けれど大半が破かれている。

ここに描かれた人はだれで、どうして絵が破かれていて、先代はなんのためにそれを隠したのだろうか。

戸惑う二人の様子に、深く嘆息したのは珠貴だった。

いつも静かで怜悧に凪いだ瞳が、ぱちりと瞬《まばた》き一つで深い覚悟に変わったのがわかる。

どう、と強い風が吹いた。

沈黙を破るように、青い葉をつけたしだれ桜の枝が跳ね上がって、互いにぶつかって、ぱちぱちと軽やかな音を立てている。

嵐が来る。

何もかもを根こそぎ吹き飛ばしてしまう、何か大きなものが迫り来る。

そういう気配がした。

「――ここに、この花と同じ名前の女の人がいたはった。住み込みで働いてくれてはってね。ぼくもよう覚えてるよ」

青藍が息をのんだ気配がする。

それが何を示すのか、茜でもわかってしまった。

見下ろした掛け軸には、毒々しい皐月の庭が広がっている。どうどうとその身をさらし美しさを誇るように。

「子どもやったぼくから見ても、きれいな人やった。先代のお母さん――ぼくらのおばあさんの介護のために来てくれはってて、先代のお弟子さんの一人やったて聞いた」

目をまん丸にした青藍が無意識だろうか、さまようように紅色の皐月と、同じ色のハイヒールに触れる。

においたつほど美しい皐月の庭。毒々しい鮮烈な紅。

「井上《いのうえ》皐月さんていう――おまえの母親や」

静寂の庭を強い風が吹き抜ける。神の森を通り抜け、静けさをかき乱す。

「お父さんはここに……おまえの母親を描いたんと違うやろうか」

「ぼくの……」

お母さん、母、母さん。

その先になんと続けていいか、きっとわからないのだろう。青藍はおのれの母のことを、一度も呼んだことがないのだから。

「じゃあ、この絵を破ったのは……志麻子さんということでしょうか」

言葉もなく黙り込んでしまった青藍のかわりに、茜は問うた。

その紅色が、吐き気がするほど気味が悪いもののように見える。母親の絵を破ってそれをその息子に残すなんてひどく醜悪な嫌がらせだ。

ぐつりと腹の底が煮える。

不愉快だった。だれもかれもがひどいと思った。

不義の相手を描いた先代も、破り捨てたそれを……こともあろうにその息子である青藍に残した志麻子も。

そして名も顔もわからぬまま、青藍を一人この家に残した井上皐月なるその人も。

「みんな青藍さんを馬鹿にしてます」

ぐ、と手のひらを握り締める。

「でもそれやったら、なんで上の絵を剝がさはらへんかったんや」

青藍が言った。

「たとえば本紙を破ったのが志麻子さんとして、先代が隠さはったとする。それをいやがらせとしてぼくに残すんやったら、上の燕の絵は剝がして渡すほうがええと思うけど」

茜は浮かしかけた腰を、そっと落ち着けた。たしかにそのとおりだと思った。

それに、と、ぽつりとかたわらでつぶやいたのは珠貴だった。

「――志麻子さんはそんな、つまらんことをしはる人やあらへんよ」

その目が何かを諦めたように、卓の上の皐月を見つめていた。

「あの人が青藍のことを厭《いと》うたはるんはそうやろ。お父さんが浮気してできた子やから当然や。でもそれはたぶん嫉妬とかつまらへん怒りからやあらへん」

それはただひとえに、東院家の秩序を乱したものへの厭わしさなのだと、珠貴は言った。

「あの人のやることには感情より先に、東院家のための秩序がある」

空気が緊張した。すでに夏が近いのに、息をつけば白く凍ってしまいそうなほど重く静かに冷えきっている。

「あの人はぼくと青藍を、ふつうの兄弟のように育てるわけにはいかへんかった――うちの家も一枚岩やあらへんかったから」

――明治、文明開化のころ。

西洋の文化が流入し、生活が近代化するにつれて、日本画を生業《なりわい》とする東院家も、緩やかに衰退の道をたどっていった。時代が進むにつれてそれは顕著《けんちょ》になり、かつての繁栄に比べれば、今この一族は忘れられつつあるといってもいい。

そんななか珠貴は生まれた。東院本家のたった一人の子として、この家を継ぐことが生まれながらに決まっていた。

絵師は減り、本家からもかつての求心力は失われつつある。

志麻子と宗介に次の子どもはなく、危うい十四年が過ぎて生まれたのが青藍だ。

「そらなんとか青藍を担《かつ》いで、本家のやりかたに口を出そういう人らがいたかて、おかしいことあらへん」

茜はぽかんと口を開いた。戦国時代でもあるまいし、といっそ呆れたような気持ちになったのだけれど、珠貴の顔は真剣だった。

「そういうことがあるのが、ぼくらの家やね」

だから志麻子は青藍を母屋に上げることを許さなかった。珠貴と青藍の序列と立場の違いを、はっきりさせておかなくてはいけなかったからだ。

「……冗談やあらへんな」

青藍が心底、ぞっとした顔をした。自分の知らないところで、妙な企《くわだ》てに加担させられようとしていたのを知ったからだ。

そして皮肉なことに神が絵の才を与えたのは——……その青藍のほうだったのだ。

珠貴の手のひらがぐっと固く握られたのを茜は見た。

「あのとき、だれも口には出さはらへんかったけれど、正妻の子より不義の子に才があるのは、だれの目にも明らかやった」

その言葉にされない——ともすると諦めや呆れや蔑《さげす》みの視線をきっと珠貴は一身に浴び続けたのだろう。

先代が亡くなったとき、珠貴はまだ大学院生だった。

二十代の若く新しい当主に、この先を託することに不安がなかったはずがない。

何より絵の腕を重んじる一族が——幼いとはいえ、破格の才を発揮した本家の子を見逃すわけがなかった。

だから志麻子は、青藍から絵を奪った。

東院家の当主は珠貴でなければならなかったから。

珠貴がふ、と息をついた。

「あの人がやらはることには、うちのための秩序と理由がある。絵を破っていやがらせをするような……感情に任せた無様な真似はしはらへんよ」

そうして珠貴は、静かにつぶやいた。

「あの人は、どこまでも東院家当主の妻であることを、誇りに思たはるから」

それはかすかで、けれど胸を締めつけるほど切ない声音だった。

口元は薄く微笑んだまま、けれど自分の言葉にどうしてだか、ざっくりと切り裂かれたように茜には見えたのだ。

少しばかりためらって珠貴は言った。

「──でも、ぼくにはようわからへんように、なるときがある」

ずっと大人で、重い一族を背負ってきたこの人が、一瞬、幼い子どものように見えたのは。そのときが初めてだった。

珠貴がつい、と視線を横に振った。つられて見やった先には硝子障子、その向こうに静寂の庭が広がっている。

「この庭に、皐月の花があるのを見たことがあるか？」

青藍が首を横に振った。

「いや……そういえば、離れのほうにもあらへんですね」

茜は眉を寄せた。

だがそれならばおかしいことがある。

卓の上に広げられた掛け軸の裂には、本家の庭が描かれているはずだ。そこには紅い皐月の花が咲き誇っている。

「――おまえが生まれる前、この庭にも皐月が植わってた。紅い花をつける株で、えらいきれいでね。たくさん摘《つ》んでよう志麻子さんに怒られてた」

幼いころの珠貴を茜はうまく想像できない。けれどあの直希の奔放《ほんぽう》さを見ていると、案外やんちゃだったのかもしれないと思う。

「皐月さんに子どもが……青藍ができたとき、親戚連中は大騒ぎやってね。ぼくはまだ中学生でようわからへんなりに、これは大変なことになったと思た」

東院家当主に不義の子ができた。

天地を揺るがすような大騒ぎの中、ただ一人眉一つ動かさずに冷静だったのは、当主の妻であり一番に取り乱してもいいはずの志麻子だった。

北大路《きたおおじ》にすぐに別邸を手配して、身重の皐月をそちらにうつすことにした。住まいに使用人に医者に、すべてを采配したのは志麻子だ。

「志麻子さんは言うたはった。こんなことで右往左往《うおうさおう》してどうするんやて。皐月さんの体を気遣いすらしたはった」

感心するのと同時に畏怖を感じた。この人はどこまでも家の妻なのだ。この家のことがすべてで――感情も……愛も、すべて削《そ》ぎ落としたような人だ。

でも、と珠貴がうっすらと口元に笑みを浮かべた。まるで淡い期待を馳《は》せるように。

「それからしばらくたったころやろうか。ちょうど今頃の時季、月の明るい夜で庭の皐月がきれいに咲いててね」

そのただなかに、母が立っていた。

手には園芸用の大きな鋏《はさみ》を持っていて、皐月の株の前に、ぼんやりと立ち尽くしていた。

ばちん、と音がした。

母がその鋏で皐月の枝を切り落としたのだ。

ばちん。ばちん……。

淡々と響くその弾《はじ》けるような音は、今でも珠貴の耳の奥に残っている。

ばちん……ばちん。

そのときの母の顔を、珠貴は忘れることができない。

いつも氷のように冷たく、感情を殺した顔をしていた母が――その奥に鬼を宿しているのを初めて知ったから。

「あの人が感情をあらわにしたのは、ぼくが知っているかぎりあれが、最初で最後や」

珠貴がふと瞼《まぶた》を伏せた。

わからなくなることがある、と珠貴は言った。

「東院家の妻として、夫の不義に眉一つ動かさへんかったあの人と……あの夜に、皐月の花を落としていた志麻子さんと。どっちが本当のあの人なんやろう」

珠貴の声が震えているように聞こえるのは、気のせいだろうか。

何かを諦《あきら》めたように、ほろり、とこぼす。

「ぼくは東院家の子やろうか、それとも……それともお父さんと志麻子さん――お母さんの子なんか」

自分はこの一族を背負うためだけに生まれたのだろうか。それとも――たしかにそこに、父と母の情があったのだろうか。

「そんなん、知りたいと思うたことあらへんかったのに」

顔を上げた珠貴がじっと障子の先を見つめていた。その向こうには有美子と、すやすやと寝息を立てている直希がいる。

ぼくもわからなくなるのだ、と珠貴が繰り返す。

「直希も……東院家の子なんやろうか」

その瞬間。珠貴が抱く恐怖を理解して、茜は叫びだしたくなるのを必死にこらえた。もどかしくて切なくて、いっそ怒りすらこみ上げてくる。

こんなに辛《つら》くて、さびしいことがあるとは思わなかった。

珠貴から聞いたことがある。

父、宗介に珠貴は自分の絵を褒《ほ》められたことがない。だから父は、天才的な腕の持ち主である青藍を愛し——自分を愛していないのではないかと。

そのときと同じ目をしていた。

この子は愛の証なのか、それとも家のために生まれた子なのか。

千年の一族を背負う人は、自分の愛の形すら疑わなくてはいけないのだ。


西から夕暮れの階《きざはし》が訪れる。青い空は紗がかかったように淡い橙《だいだい》色に染まり始めていた。

その空を黒い影が横切っていく。不規則にゆらゆらと飛ぶのが鳥ではなく蝙蝠《こうもり》だと青藍が知ったのは、この縁側でのことだ。

教えてくれたのは師、月白だった。

この仕事部屋はもともとは月白の部屋だ。人嫌いだった青藍は月白邸の住人たちとは距離を置いていたが、この月白の部屋にだけはよく入り浸《いぴた》っていた。

ある夕暮れ、縁側に座ってともに空を見上げていたときだ。ぱたぱたと空を泳ぐように飛んでいる影が見えた。それが何かと聞いたら月白は蝙蝠だと言った。

鳥でも獣でもないあの生き物はいつも、不格好に翼をばたつかせて空を泳いでいる。

その不器用さが自分にも、そして今は、兄にも似ているとふとそう思った。

珠貴は、必要なら志麻子と会うことができるように手配すると言った。

あの絵に描かれていたのが本当に皐月なのか、絵を破り捨てたのがだれで、それを隠したのは父なのだろうか。そして志麻子はどうしてそれを青藍に残そうとしたのか。

聞きたいのは珠貴のほうなのだろう。

きっと珠貴は、あれを破り捨てたのが志麻子だといいと、心の奥底でそう思っている。母の激情に期待して、自分に対する愛をたしかめようとしている。とても不器用な人だと青藍は思うのだ。

青藍自身、自分の母のことを知りたいかどうかわからない。心の中から、ぽかりとその存在が抜け落ちているからだ。

物心ついたころ青藍の一番近くにいた女性は、本家に世話係としてやってきていたいわゆる〝お手伝いさん〟と呼ばれる人だった。もっとずっと赤ん坊のときには志麻子が世話をしてくれていたそうだが、その記憶もない。

本当の母親――井上皐月については写真の一枚も見たことがない。名前すら今日初めて知ったのだ。

宗介も志麻子も珠貴も親戚や弟子たちのだれも、母の話を青藍の前でしたことがない。東院本家にとって、彼女は話題に出してもいけない禁忌《きんき》の存在だったのだろう。

「――青藍」

ぼんやりと顔を上げると視線の先には陽時《はるとき》がいた。青藍は眉を寄せた。

「……なんやその格好」

どこかのロゴが入った白いTシャツとジャージ、頭にかぶった麦わら帽子と首元に巻かれたドット柄のタオルが、この友人をずいぶんと垢抜《あかぬ》けなく見せている。

ふだんは着るものにこだわるくせに、月白邸にいるときはずいぶんと適当になった。

「すみれちゃんのお手伝いだよ」

わざとらしく陽時が、肩をぐるぐると回した。よく見ると手も足も泥でまみれている。

そういえば、すみれが自分の庭を拡張したいと言っていたのを思い出した。

隣に腰かけた陽時が長い足をもてあますように組んだ。

「茜ちゃんから、ひととおり聞いた」

青藍は陽時から視線をそらした。

「陽時、ぼくの母親のこと知ってたか？」

「いや、紀伊《きい》でも聞いたことなかったよ。おれだって生まれる前の話だし。皐月さんって名前も、さっき茜ちゃんに聞いて知ったとこ」

そうか、と青藍は力が抜けたようにうなだれた。

「でも、おまえと先代のことは、やっぱりときどき話には上がってたと思う」

東院流の「先生」とまで呼ばれた人が、どうしてあやまちを犯したのか。人の口に戸は立てられないという。それは静寂の一族とて同じで、みな押し隠せない好奇心と本家を出し抜く野心を秘めて、ひそやかにとりざたされていたのだ。

青藍は暮れ行く空を眺めながらつぶやいた。

「あの人も人間やったんやな」

先代のことを青藍は、絵師として極めた人であると思っていた。それに――父としても、青藍に、いびつで不器用ながら愛情を注いでくれていたのだとも知った。

いつかの春、嵐の日だ。

青藍と珠貴は先代の隠し部屋を見つけた。母親の違う二人の息子を、けれどどちらも大切であったのだと、そう示すように二人の名が描かれた美しい〝絵〟が残されていた。

その場所と〝絵〟は、同時に重い一族を背負ってきた宗介の、唯一人間らしい部分でもあったのだと青藍は思う。

あの人にも弱いところがあって、きっと皐月はその心の柔らかな部分に、するりと入り込んでしまうような人であったのかもしれない。

陽時がちらりと見やった先、仕事部屋の畳の上に例の掛け軸が横たわっていた。珠貴のもとから持ち帰ったものだ。

「どうすんの、これから」

「珠貴さんには悪いけど、どうするつもりもあらへん」

幼いころは考えたこともある。

どうして自分には母親がいないのだろう。どうしてこんなところに、一人で置いていったのだろう。

それももうずいぶんと前のことだ。

いつかきっと、どこかで諦めたのだ。

「いまさら、ぼくに母親なんかいらへん」

夜に一人でむせぶように泣くよりは、ぼくにはもともと母などいないのだ。そう思うほうがずっと楽だった。

「おまえ、嘘が下手《へた》だよ」

顔を上げた先の視界がぐるぐると濁っている。毒を混ぜた赤色に見えた。その向こうで呆れたように陽時が笑っていた。

「ひってぇ顔してる」

視線をそらすように青藍は組んだ足に頬杖《ほおづえ》をついて、よそを向いた。

「茜ちゃんが心配してたよ。そんな顔のおまえと帰ってきて、それからずっと一人で仕事部屋にいるって。どうしていいかわからないから、様子を見てきてほしいって」

情けない。青藍は嘆息して空を仰いだ。

「悪い」

「そうじゃねえの」

長い足が横から青藍の膝を蹴りつけた。

「心配させてほしいってことだよ。おまえが辛くて怖くて弱いときに……茜ちゃんがそばにいたいってことだ」

ふいにそんなことを言うものだから、心臓がどっと音を立てた。今までおとなしかったくせに、ここのところやたらめったらうるさいのだ。

「なあ青藍――」

友人が、何もかもを見透かしたような目で笑った。

「――おまえが泣くのは、茜ちゃんの前がいいと思うよ」

そんな情けない姿を見せてたまるかと思う。だってぼくはあの子の――……。

それに気がついて、青藍は片手で顔を覆った。

「おれらもう保護者じゃねえから、いいんだよ、どんなかっこ悪いとこ見せたってさ」

ぐるぐると煮えていた視界が、すっと晴れていく。

染《し》み入るような夕暮れの淡い光が、ようやく心の底に届いた気がした。

半ば気まずさで話をそらしたくて、半分は意趣返しのつもりで。青藍はちらりと隣の友人を見やった。

「じゃあ、おまえも泣くのはあの子の前か」

それは思いのほか効果覿面《てきめん》だったらしい。絶句した陽時の目じりが、じわりと赤くなっていく。

「……うるせえ」

陽時は少し前に、朝日《あさひ》と恋人同士になった。陽時からそれを告げられたのは、その日仕事に行く途中の車で、たった一言。

朝日ちゃんとそういうことになった。

それだけだった。

これまでたくさんの女の人と〝友だち〟であった陽時のことだ。年下の朝日を相手に、さぞ余裕のある彼氏をやっているのだろうと思っていたのだけれど、どうも違うらしいとわかったのはすぐのことだ。

二人で出かけるときにはわかりやすく浮かれていて、かと思えばプレゼント一つ選ぶのに夜中まで頭を抱えて悩んでいることもある。

どうやら余裕がないのは陽時のほうで。それはきっとこれが、陽時の本物だからなのだと青藍は思う。

陽時の帰る場所は、やがてここではなくて朝日の隣になるだろう。

少しばかりさびしい。けれどそれは夕暮れの帰り道に似た、あたたかくて切ない幸せの色をしている。

ああ、いいな。

ぼくにもそういう場所が欲しい。

そのとき、素直にそう思った。これまで考えたこともなかった——いや、目をそらし続けてきたことだ。

「——せいらーん！」

顔を上げると、庭の向こうでぶんぶんとすみれが手を振っていた。その傍らには茜がいて、二人ともTシャツにハーフパンツで、陽時とそろいの麦わら帽子をかぶっていた。

手も顔も泥にまみれている。

「もう片付けるから、ごはんの前にお茶しよって茜ちゃんが！」

ぴかぴかのまぶしい笑顔の横で、茜がじっとこちらを見つめている。

「コーヒーでも緑茶でも淹れますよ。だから、リビングに来ませんか」

眉が下がっていてひどく不安そうで、そのくせ一人にしたくないと、いじらしいほどの心が伝わってくる。ずいぶんと心配をかけたのだと思った。ここに帰ってきたとき、自分は本当にひどい顔をしていたのだろう。

青藍は唇を結んで縁側から立ち上がった。

「ああ」

それだけで茜がほっと息をついたのがわかった。

その瞬間に、すとんと心の底に何かが落ちたような気がした。

「茜」

こちらを見上げるその人がここにいてくれるから。ここに帰る場所があるから。頑張る人がそばにいるから、自分も頑張ることができる。

子どもじみて単純で、でもそれは世界の真理にちがいないと青藍は思うのだ。

「……会いに行ってくる……あの人の話を聞きに」

だからここで待っていてほしいと、そういうつもりだったのだけれど。夕暮れ色の名前を持つ彼女のほうが、一枚上手だった。

「はい。ちゃんとついていきますよ」

だから大丈夫ですとそう笑うから、たまらなく泣けてしまいそうになるのだ。

2

その人は冷たくて美しい、冬の雪国のような人だった。

東院志麻子《とういんしまこ》。珠貴《たまき》の母で東院宗介《そうすけ》の妻だ。

「こんな格好でごめんなさいね。午後から検査やて言われてね」

病院のベッドの上で薄青い入院着を纏《まと》っているその人は、茜《あかね》が覚えているよりずいぶんと細くなったように思う。

皺《しわ》の寄った皮膚《ひふ》は骨に貼りついたように薄く、袖《そで》からのぞく点滴の痕《あと》が痛々しい。あちこち抜け落ちた髪は、それでも毎日丁寧《ていねい》に梳《くしけず》られているのだろう。銀色の細い川のように、肩から垂れ下がっていた。

瞳だけが澄んだ湖のように透き通っていて、けれど底が見透かすことのできないほど深い色を帯びている。

「茜さんも、よう来てくれはりました」

「あ……いえ。お加減はいかがですか」

「みんなたいそうに騒ぐけどね、ほんまはそんな悪いことあらへんのえ」

挨拶《あいさつ》以外で会話を交わすのは初めてだ。その瞳の冷たさは珠貴とよく似ている。口元は微笑んでいるのに、目はにこりとも笑っていない。

この人は茜のこともたぶん好きではないのだ。父である樹《いつき》が東院家を捨てて出ていった。茜とすみれはその証《あかし》のようなもので、東院家の秩序を乱すものだから。

「ご無沙汰《ぶさた》しています」

青藍《せいらん》が静かに頭を下げた。薄氷を踏んで歩いているような緊張感を帯びている。

「直希《なおき》がずいぶん、懐《なつ》いてはるんやてね」

まるで、と百合《ゆり》の花が開くような美しさで志麻子が笑った。

「珠貴と本当の兄弟みたいやね」

胸の奥を氷でなでられたような心地だった。

「けっこう。兄弟仲良う、東院のおうちを支えておくれやす。あなたがあの子の右腕になってくれるんやったら——……お父さんも喜ばはるやろう」

青藍が口を開いた。

「ぼくは東院の名で絵を描くことはあらへん。東院家は珠貴さんのもので、ぼくは……久我《くが》で好きにやらせてもらうつもりです」

それはきっぱりとした拒絶だった。

「ぼくに東院の名は価値があらへんので」

とたんに、志麻子の青白い頬がさあっと紅潮した。

その視線が窓の外にちらりと向いた。病院の庭には——はかったかのようにその花が咲き誇っている。

紅《くれない》の毒々しいその花が、彼女の激情を呼び覚ますのだ。

「よう似たはるわ」

とたんに小さな体がくしゃりと崩れるように折れた。とっさに背を支えた茜は、その乾いたような体の軽さにぞっとした。

死に向かう人のそれだと思った。

半ば瞼《まぶた》を落とすように何度か目を瞬《まばた》かせたあと。志麻子はまたゆっくりと体を起こした。

きりりと背筋を伸ばすそのさまは、この人を貫《つらぬ》いてきた矜持《きょうじ》をありありと体現している。

病院にいてなお、病人然としていることをきっとこの人自身が許さないのだ。

「珠貴から聞いてます。……あのお軸のことを、聞きに来たんやね」

「はい。燕《つばめ》の本紙《ほんし》の下には皐月《さつき》の花と、本紙がもう一枚ありました。そこにぼくの母が描かれていたんやないかて思います。でもそれは——……」

「破かれてたんやね。それを、お父さんが上から隠さはった」

青藍が小さく息をのんだ。

「やっぱり知ってて、ぼくに残さはったんですね」

志麻子はその乾いた唇をゆがめた。

「わたしが破ったて思た？」

「……わかりません」

青藍は言った。

「でももう、だれが破ったとかだれが描かれてたとか、そんなんはええんです。ぼくは……ぼくの母親のことを知りに来ました」

志麻子が一つ、息をついた。

晴れ渡った空の下に鮮やかに咲き誇るその皐月の花に、どこか懐《なつ》かしく、厭《いと》わしく、そうしてほんの少し、憧憬《しょうけい》を見ているようだった。

紅の花が揺れる。

志麻子の旧姓は羽取《はとり》といって、さかのぼれば、いわゆる華族と呼ばれる人たちの端に連らなっていた家系であるそうだ。

志麻子の父は大阪の商社で働いていたが、母にはそれが不満であったらしい。母は商売人の家から嫁《とつ》いできた人だから、勤め人のことをあまりよく思っていなかったのだろう。

そういう時代だった。

母の望みはすべて、一人娘だった志麻子に注がれた。

良い家に嫁ぎ、良い妻となり、良い母となり、夫を支えともに家の繁栄に努《つと》める。それが母から教わった規範とする女性の在《あ》り方だ。

そうして志麻子はそのようにした。ほかの生き方は知らなかった。

東院本家の当主であった宗介と見合いが持ち上がったのは、二十代も半ばのころだった。

東院宗介の最初の印象は、美しい絵を描く人だった。

その指先から生み出される繊細で精緻《せいち》な絵のかずかずは、それまで茶と花以外の芸術とは無縁だった志麻子にもその価値を十分に感じさせた。

この人の描く絵のそばで生涯をかけるのが、わたしの幸せだと思ったのだ。

珠貴ができたのは三十も手前のころ。

生まれたばかりの幼い子どもの手を握って、歓喜より先に安堵《あんど》した。結婚して四年も子どもができなかった。やっとだわ、と枕元で母がそう言ったから。

それから志麻子は、十分に妻の役目をはたした。

珠貴を育てながら、病気がちだった義母にかわり広大な邸《やしき》を取り仕切り、弟子たちの面倒を見て、いつも宗介のそばに寄り添った。

夫はあまり言葉が豊かな人ではなかったし、絵の仕事に、弟子の指導にと走り回っていて、あまり顔を合わせることもなかった。けれど自分と珠貴をよく気遣《きづか》ってくれたと思う。

宗介と志麻子は同じ道を見据えてともに進む同志だ。

これが、この家の正しい家族の形だと志麻子は確信していた。

その人を夫が連れてきたのは、珠貴が十二になるころだ。

義母がそろそろ立ち上がるのも難しくなって、その介護と、日々の仕事や家事を手伝ってもらうために住み込みで働くことになったと夫は言った。弟子の一人であるらしかった。

「ほんまにね、きれいでかわいい人やった」

いま思い返しても、皐月ほど美しい人を志麻子は知らない。

ふわりとした猫っ毛をきゅっとまとめていて、背がすらりと高かった。化粧っけがなく素朴ないでたちなのに、ときおりこぼすその無邪気な笑顔から目が離すことができない。

彼女はいつも、志麻子の知らない外の世界の話をした。

外国の美しい湖の話。地平線をはさんで天を映し出すそのさまは、空の星さえ呑んでしまうという。

テレビで見た巨大な渓谷《けいこく》には、何キロにもわたって滝がしぶきを上げて落ち込んでいる。山の稜線《りようせん》に沿って連なる何百キロもの城壁、巨大な積み木を幾何学《きかがく》的に重ねたようなピラミッド、動物が我が物顔で闊歩《かつぽ》する広大な草原。

行ったこともないはずなのに見てきたかのように話す彼女に、兄弟弟子たちも夫ですら、たびたび仕事の手を止めて聞き入っていた。

皐月はいつか、世界中を回って絵を描くのが夢だと言っていた。

それはこの家のために絵を描く東院流とは対極的で、どうしてこの人が夫の弟子なのだろうと不思議に思ったことがある。

今から思えばそのときから──彼は侵《おか》されていたのだ。

皐月の見せる鮮やかな、自由という名前の毒に。

「皐月さんは、ひとところにとどまる人やあらへんかった。……よう似てるわ、青藍」

青藍の、とくに成長した彼を見るたびに思うのだ。

その瞳の奥に揺れる、奇妙な炎を彼女も抱いていた。

自由に焦《こ》がれ窮屈《きゅうくつ》と退屈を嫌い、ひとところに押し込めるといつか爆発してしまいそう
な好奇心の炎を。

——そのことに志麻子が気がついたのは、腹に子どもがいると、神妙な顔で皐月に告白されたときだ。本家は一時騒然となった。

落胆も絶望もなかった。

秩序の揺らいだこの家をなんとかしなくてはと、そればかりが頭にあった。

そうでなくては、身内にその横腹を食い破られてしまうだろうから。

皐月は別の邸で十カ月を過ごして、桜が舞う風の強い春の日に子どもを生んだ。

それが青藍だった。

「それからすぐに、皐月さんはあなたを宗介さんにあずけて邸を出ていかはった。どこに行かはったのか、何をしたはるんか、もう、わたしにもわからへん」

皐月の写真もすべて処分した。あとに禍根《かこん》を残さないように。

けれど生まれてきた子どもはほうっておくわけにもいかない。置き去りにされたその子を、志麻子は本家で育てることを許容した。

けれど珠貴と青藍を兄弟として育てるわけにはいかなかった。

序列を守り珠貴を主《あるじ》とし、いずれこの子も家のために絵師となるだろう。だから最初は絵筆を握ることも、夫の教えを受けることも許した。

それが間違いだったと思ったのは、青藍の才が鮮やかに花開いたときだ。

その目に自由を渇望《かつぼう》する毒々しい好奇心の光を見た。青藍が描く絵にだんだん夫が呑まれていくのを見て——あの皐月の毒はこの子にも宿っていると、そう思ったのだ。

だから先代が亡くなったとき、志麻子は青藍から絵筆を奪った。

きっとこの家をも侵す毒になると思ったから。

「それがおうちのためやから」

幼い子には無体を強《し》いたのかもしれない。ひどいことであっただろう。けれど仕方がなかったのだと志麻子は思う。その行いが善でも悪でもかまわないのだ。

ただこの家のためになるのなら。

——すっかりぼやけるようになってしまった視界の向こうで、彼女が強い瞳でこちらをにらみつけているのがわかった。

七尾《ななお》茜という。分家である笹庵の、長男の娘だ。彼女の父もまた東院家を捨てた人間だった。

「ぜんぶ、家のためなんですか……」

「そうえ」

「嫌じゃなかったんですか。宗介さんが浮気をして青藍さんが生まれて……馬鹿にされたとか、辛《つら》いとか悔しいとか、思わなかったんですか」

いっそそうなら納得がいったのだとでも言いたそうだった。

だって、と茜が続けた。

「……二人は夫婦だったんですよね」

その考えがかわいらしい。

娘時代の志麻子だって同級生たちと映画スターのポスターを眺めながら話し合ったものだ。

だれかを好きになる、愛するひとととと結婚する。それは、まだこの時代、はかない夢物語だと気がつく日がいつか訪れるとも知らずに。

志麻子と宗介の間には愛はない。ただ家のために尽くすという指針だけがある。辛いも苦しいもさびしいも悔しいも、何もない。

「結婚いうのはおうちとおうちの契約や。そんな無様で見苦しいこと、思たことあらへんわ」

——……そのはずだった。

じゃあ、と茜がほろりとつぶやいた。

「なぜ、いつかの夜、皐月の枝を切り落としたんですか」

息をのんだ。

「……どうして」

その瞬間、もう何十年も前の——夏に近いその日がふいに、思い出された。

「珠貴さんが、見たのを覚えていたそうです。青藍さんが、皐月さんのおなかにいるってわかった、すぐあとのことだって」

胸を焼く痛み、熱くなる目頭《めがしら》とめまいがするような怒り。叫びだしたいほどの激情が、体中をめぐる。

ばちん。

どこかで、鋏《はさみ》の音がした。

わたしはたしかにあの夜……皐月の紅が、いやでいやでたまらなかったのだ。

「お母さんが感情を見せたのは……あのときだけだったたって」

——それは夫の仕事部屋で見たのだったか。

彼が夜中に隠すように描いていた描表具《かきひょうぐ》だ。紅の皐月が鮮やかに花開いていた。

真ん中にその人が描かれていた。紅色の口紅を引いて、赤い靴を履《は》いていた。こちらを振り返るその姿は淡い笑みを浮かべている。

「……あの女のために描かはったんやてわかった」

どうして今になって、こんな痛みを思い出すのだろう。

ずっと、ずっと、忘れていたかったのに。

「そんなの……わたしには、描いてくれはらへんかったのに」

ぽたりと布団にこぼれ落ちたのが、自分の涙だと気がつくまでにしばらくかかった。

矜持《きょうじ》で封をして体の内に押し込めていた激情が、あふれ出したようだった。

涙をこぼしたのはもうどれくらい前のことだろう。歳をとったのかもしれないと思った。

こんな感情を抑え込めないくらいに。

夫は本当に美しい絵を描く人だったのだ。

「嫁いできたときに、言うてくれはったんえ」

――この家はきっと時代に呑まれていくやろう。ぼくの肩には壊れかけの家の命運がのってる。それを少しでも長く、あなたとともに支えていきたい。

この美しい絵を描く人に望まれるのなら、それも悪くないと思った。

だから志麻子はこの家にすべてを捧《ささ》げると決めた。そのためならどんな間違いを呑むことも厭わなかった。

この家に君臨する女として、すべての感情を殺して。

「墓まで、持っていくつもりやったのになあ」

だから……もうあとわずかというときに、こんな気持ちになるなんて思わなかった。

わたしはたしかに——美しい絵を描くあの人に、恋をしていた。


——時計のアラームが鳴った。

夢が覚めたような心地で茜がはっと顔を上げると、志麻子が身を起こしてカーディガンを羽織るところだった。そういえば、午後から検査だと言っていた。

先ほどまでの激情が嘘のように、冷たく凪《な》いだ表情をしている。

矜持で感情にふたをすることに、慣れきってしまった人なのだと思った。

看護師が押す車椅子で検査室に向かう志麻子とともに、青藍と茜は病室を出た。消毒液のにおいが鼻をつく。

エレベーターを待つ間、青藍がぽつりと問うた。

「どうしてこの絵を、ぼくに残してくれはったんですか」

厭わしい女の絵など捨ててしまえばよかったのに。そう言うと、志麻子が困ったように、けれど凛《りん》として言ったのだ。

「あなたのお母さんの思い出やから」

細めた瞳の向こうは相変わらず冷たく凍《い》てつくようであったけれど、その奥にはまちがいなく、青藍への気遣いがある。

「いつか……渡せる日が来るかもしれへんて思てたんえ」

志麻子がふと思い出したように顔を上げた。ずいぶんとためらっていたようだったけれど、やがて口を開いた。

「青藍。あの掛け軸には、たしかに皐月さんが描かれてた。でもあれを破いたのは、わたしやあらへん」

悔しさを押し隠すように、ぐっと唇をかみしめている。

「あの人がいなくなって、破かれた掛け軸が残されて……宗介さんは悲しそうやった。そのうち見てられへんようになったんやろうね、花まで隠すように新しい燕の本紙を描かはった」

まるで、すべてを忘れてしまいたいとでもいうように。

宗介が亡くなって、それは志麻子に残された。その燕の下に何が描かれているか、知っているのは彼女だけになった。

ぽん、と音が鳴ってエレベーターのドアが開いた。この先、検査病棟は茜たち見舞い客が入ることはできない。機械音とともに開くドアの前で、茜は眉を寄せた。

ではあの絵を破いたのはだれなのだろう。志麻子でもない、宗介でもない。

銀色の長い髪が揺れて、志麻子の車椅子はエレベーターに吸い込まれていった。扉が閉まる最後までその人は毅然《きぜん》と背筋を伸ばして、薄い笑みを浮かべていた。

「──あれを破いたのは、皐月さん本人や」

花のような恋心などおくびにも出さずに、矜持を抱いたまま。

月が静かに部屋の中を照らしていた。畳の上に横たえた掛け軸がぼんやりと浮かび上がる。静寂の庭に鮮やかな紅色が咲き乱れている。

どろりと視界の中に赤が躍《おど》る。

溶けた星の形、毒々しいほどの自由の色。ぐるぐると塗りこめられていく……。

振り返った。黒々とした邸の床の間《とこま》に、皐月の花が舞う掛け軸がかかっている。

──わたしの姿が描かれている。

ここはわたしのために用意された邸だ。必要なものはすべてある。ここで子どもを生んで慈《いつく》しんで育てることになるのだ。

あの静寂に閉じ込められた邸で、重苦しい枷《かせ》につながれた人たちとともに。

一生——。

ぞっとした。わたしは、わたしの可能性のために生きたいのに。

皐月の花に囲まれて、幸せそうに笑っているにせもののわたし。

あんなふうに小さな絵の中に収められて、ただ愛《め》でられるだけの人生なんて。

長い爪を立てる。紙の破れる音がした。

その手で腹をなでる。たしかな愛《いと》おしさを塗りつぶすように、体中にまとわりつく厭わしさ。連れていくか迷った。ここにいたほうが幸せだろうと思った。

名前も知らないこの子をここに置いて。

赤い靴を履いて、わたしは——。

ひゅ、と自分の息をのむ音で目を開いた。

顔を跳ね上げて、忘れていた呼吸をようやく思い出したように、深く息を吸う。

「青藍さん、大丈夫ですか」

漆《うるし》の盆を持った茜が障子《しょうじ》の向こうからこちらをのぞいていた。入ってもいいかと言外に問うているのがわかって、青藍は呆けたようにうなずいた。

視界がぐるぐると回っているような気がする。皐月の色がうつったようにどろりと赤い。

「すごい汗ですよ」

からり、と涼やかな音が聞こえた。

茜の持つ盆の上だった。

夕焼け色の茶葉を煮だした硝子《ガラス》のポット、その横にはたっぷりと氷が満たされたグラスが、当たり前のように二つのっていて。それで信じられないほど安堵《あんど》した。

「今日は、今季初の熱帯夜だそうですよ。お茶、飲みますか？」

「飲む」

ほのかに甘い花のにおいがする。

からり、かしゃり、と氷が鳴るたびに、視界から毒々しいまでの紅色が吹き散らされていくのがわかった。

冷たい紅茶が喉《のど》の奥にすべりおちていく。清涼な花のにおいが、まとわりつくような深い紅色を溶かしてくれる。

茜がじっとこちらを見つめていた。困ったように微笑んでいる。

青藍は改めて自分の周りを見回した。

掛け軸を中心に、おびただしい量の絵具が散乱していた。

瓶も袋もお構いなしに取り出したようで、梅皿にも小皿にも何色も膠《にかわ》が溶かし合わされていた。筆が転がっている。積み上げられた紙にはさまざまに描き散らされていて。何かを描こうとしていたのだとわかった。

「本紙を……」

破られた母の姿のかわりに、何かをここに描こうとしていた。

自分の癖《くせ》だ。

月白が亡くなったときも、絵具と紙のただなかにいて、何かを描き出そうとしていた。

自分の中から答えが出てくるのを待つように。

たった一人で。

「わたし、ついていくって言いましたよ」

そういえば、あのとき友人が言っていた。

——おまえが泣くのは、茜ちゃんの前がいいと思うよ。

同じ赤でも、目の前のその色はほろりと心をあたためてくれる。

夏の空を染め上げる茜色だ。

その瞳を染める茜色にはいつも、不思議と心の内を見透かされてしまうように思うのだ。

「ぼくの母親やいう人は、ぼくの名前を知ってるんやろうか」

ほろりとこぼれ落ちた。

一度でも、生まれたばかりの赤ん坊の頭をなでてくれただろうか。泣いているのをあやしてくれただろうか。名前を呼んでくれただろうか。

ぼくのことが煩《わずら》わしかったのか、それともぼくを腕に抱いて笑顔でいたのだろうか。

「あの人は……ぼくが邪魔やったんやろうか」

ふいに、するりと細い手が伸びてきた。

青藍の頭をぽんとなでて、頬をそっとなぞっていく。その指先が濡れているのが見えて、そこでようやく自分が泣いているのだとわかった。

混乱している。さびしいのも悲しいのも違う気がした。

たぶん悔しいのだ。

顔も知らない人のせいで、ただ自分を産み落としただけの人のせいで、これほど哀《かな》しくて苦しいことが悔しくてたまらなかった。

知らない人間のことだと、ひょうひょうと傷つかずにいたかった。

ゆがむ視界の中で、まっすぐにこちらを見つめる橙《だいだい》色の赤を宿した瞳が揺れる。波紋を描いてほろりとこぼれ落ちる涙の雫《しずく》に青藍のほうがおどろいた。

どうして彼女が泣くのだろうか。

「お父さんとお母さんがいて、その間に子どもが生まれたからとか、一緒に住んでるからとか、それだけで勝手に家族になるわけじゃないとわたしは思うんです」

氷が溶けてかしゃりと鳴った。

「一乗寺《いちじようじ》の志保《しほ》さんと宏隆《ひろたか》さんと、わたしのお母さんは、血がつながってないけど家族だと思うし、ロンドンのホストファミリーは、わたしのことを娘だって言ってくれました」

それに、と続ける。

「わたしのお父さんとお母さんと、そしてわたしとすみれは、一緒にいられた時間はちょっと短かったかもしれないけど……今でも家族です」

茜がまっすぐにこちらを見つめる。

「わたしたちだって、家族じゃないですか」

からり。すべてを濯《すす》ぐ美しい福音《ふくいん》だ
紅色がとろりと溶けだして、月光はほの青く、とたんにいつもの月白《げつぱく》の光を帯びた。

人の見る色はみな違うと師は言った。

辛いときは色のない灰に、心躍るときはまばゆいほどに鮮やかに、安らぎのときは淡く柔らかに。

「青藍さんといま家族なのは、わたしたちです」

穏やかな夕暮れの色を思い出させるその人は言った。反射的に彼女の背に手を回して、抱きしめてしまいそうになった。

震える指先を握り締めて、細い肩にこつりと額をのせる。

ずいぶんと伸びた自分の髪が、彼女の肩にするりと広がったのがわかった。

「……ああ」

陽時の言うとおりだ。

泣くのは彼女の前がいい。

だれか一人にそっと心をあずけるこの安らぎは、なるほど、悪くないと思うのだ。

3

青空は初夏のまばゆい輝きにあふれ、木々の梢《こずえ》はその光を淡く透かしている。下草の形に柔らかに切り取られた影が、白砂に濃くその姿をうつしている。

もうすぐ訪れる梅雨《つゆ》を越えると、夏が来る。

東院《とういん》本家の客間で、茜《あかね》は開け放たれた硝子障子《ガラスしょうじ》の向こうを見やった。白砂の庭を、有美子《ゆみこ》と直希《なおき》が手をつないで歩いている。二人をなでるように、しだれ桜の影がゆらゆらと揺れていた。

目を細めてその姿を見つめていた珠貴《たまき》が、ややあってこちらを振り返った。

客間の広い座卓の上に掛け軸が一幅《いっぷく》、巻かれたまま置かれている。件《くだん》の掛け軸だった。

志麻子《しまこ》に聞いた話をぽつぽつと伝えたあと、青藍《せいらん》がきっぱりと言った。

「これは志麻子さんにお返しします。もしいらへんて言わはったら、そっちで処分してください」

「ええのんか」

この掛け軸は青藍と皐月《さつき》をつなぐ唯一《ゆいいつ》の縁《よすが》だ。

これ以上、おのれの母のことにかかわるつもりはない。そう言っているのだと、珠貴も気づいたようだった。

「どれだけ隠したかて今の時代、写真の一枚ぐらいどこぞに残ってるやろう。探したら……皐月さんのも見つけられるかもしれへんえ」

「もうかまへんのです、珠貴さん」

青藍がふ、と口元をつり上げて掛け軸をするりと広げた。珠貴が目を見開いたのがわかった。

灰色の天地と中廻《ちゅうまわ》し、それらと本紙《ほんし》のはざまには茜色の一文字《いちもんじ》がきりりと引かれている。同じ色の風帯《ふうたい》とともに新しく青藍がつけたものだ。

「どうせやったら、最後に落書きでもどうかと思て」

白砂の庭は、すっかり描きかえられていた。

足元には石畳が続いている。揺らめく木々の濃い影が地面の土に焼きつき、伸びあがる下草には瑞々《みずみず》しい朝露《あさつゆ》が浮いていた。

ひょろりと背の高いひまわり、マリーゴールド、朝顔に、秋桜《コスモス》。季節を問わない鮮やかな花々が四方八方に伸びる。

彩りの海が毒々しい紅《くれない》色の花を呑んで――皐月の花は、今はすっかり風景の一部に溶け込んでしまった。

ここは茜のよく知る、月白邸《つきしろてい》の庭だった。

真ん中には手のひらほどの、新しい本紙が貼りつけられている。

あたたかな光が差し込むいつものリビングだ。

大きなソファセットは、しょっちゅう青藍がすみれに付き合わされてテレビを見ているところ。

丸太をスライスしたようなテーブルには、籐籠《とうかご》に盛られたロールパンに、ふかふかとした黄色の卵焼きと焦《こ》げ目のついたソーセージ。

キッチンの向こうでは、薬缶《やかん》が湯気を立てている。

今からだれかがコーヒーを淹《い》れるのだ。

うとうとしている青藍に呆れたようなすみれの声、陽時《はるとき》の太陽のような笑顔、それをおだやかに見つめているわたし。

そんな光景が目に浮かぶ。

ここは月白邸の、いつもの朝だった。

ぼくはここで生きるのだという決意と、泣きたくなるほどの祈りがこめられた、青藍の大切な場所の絵なのだと茜は思った。

「……ほんまに鮮やかで。志麻子さんがまた、目にうるさいて言わはりそうやわ」

ふ、と笑った青藍の瞳が、たしかにこちらを見つめていて、茜はしっかりとうなずいておいた。

絵を破り捨てたのは皐月本人だ。

そう告げたとき、珠貴の瞳の奥がひび割れたのをたしかに茜は見た。

「結局、ぼくは東院家の子なんやな」

墓まで持っていくつもりだったと言った志麻子の激情を、青藍も茜も話していない。それはきっと彼女から、珠貴に話されるべきだと思うから。

でも、と茜はぐっと手のひらを握り締めた。

この人は父と母の愛を疑って——自分の愛の形もわからなくなったのだ。

夏の光に照らされて、庭で笑っている妻と子を見つめるその瞳は、戸惑《とまど》ったように揺れていて、けれどとても愛《いと》おしそうで。

そこに複雑な答えなんて一つもないと、すぐにだってわかるのに。

「それを決めるのは、志麻子さんでも宗介さんでもなくて、珠貴さんですよ」

膝《ひざ》に両手を重ねて、茜はまっすぐに珠貴を見つめた。

「有美子さんと直希くんのこと、東院家の人じゃなくて……自分の家族だって決めるのは珠貴さん自身です」

だいたい、と茜は勢いに任せて言い放った。

「珠貴さん、有美子さんと直希くんに、ちゃんと言ったことないんじゃないですか——愛してるって！」

有美子とどこか距離があるのも、直希が父の顔色をうかがうのだって。たぶん珠貴は口にしたことがないからだ。

きょとん、とした珠貴がやがて、弾《はじ》けるように笑った。

「はは……あい、て」

おどろいたのは茜だ。こんな顔で笑う人だったのか。目じりに涙がにじんでいる。子どもっぽい言葉だと笑われているような気がして、茜は顔を赤くしてうつむいた。

「そんな、恥ずかしいことよう臆面もなく言えるわな」

「は、恥ずかしくないです」

嘘だ。愛してる、なんて口に出す機会なんかそうそうない。言っていてむずがゆくて顔が赤くなる。

でも茜は教えてもらった。学校でできた大切な友だちに。とても簡単で当たり前で、でも難しいことだ。

言葉に出さなければ心は伝わらない。相手にも——そして、自分にだって。

「言えないまま、悩み続けて悲しい思いをするより、ずっといいです」

あいまいで不安定な心を形にするには、ときには生々しいほど鮮烈な、強い言葉が必要なのだ。

「そうやなあ——」

珠貴がほろりとこぼした。

ゆっくりと立ち上がった珠貴の目じりに、柔らかな皺《しわ》が寄る。

「それもええなあ」

硝子障子の向こう、沓脱《くつぬ》ぎ石にそろえられた草履《ぞうり》を履《は》いて、珠貴の足がざくざくと白砂を踏んで歩みだす。

ゆっくりと近づいていくと、葉桜の下で二人が顔を上げたのがわかった。

それから珠貴が二人に何を言ったのか。それは彼ら家族しか知らないことだ。

けれどしだれ桜の影に揺られて、有美子が驚いたように目を見開いて、やがて柔らかく笑ったのが見えたから。きっとその臆面もなく恥ずかしくてむずがゆいことを、伝えたのかもしれなかった。


西の空に一番星が輝いていた。

言葉少なに帰り路《みち》を歩く。傍《かたわ》らで青藍が同じように星を見上げていた。夕暮れをうつした瞳は今でもときおり、どろりと赤い毒を含んでいるように見えるときがある。

「……本当に、よかったんですか」

青藍はすべて手放した。母の思い出も、彼女につながるかもしれない、たった一本残された細い糸も。

「よかった」

悲しくないはずはない。辛《つら》くないはずもない。

でも、みなその選択に胸を張って生きるしかない。

「帰りましょうか」

ことさら、強く言った。わたしたちの家に帰ろう。

ふにゃりとときおり情けない顔をするこの人を見て、茜の肩で、声を殺してこぼした、あの涙を思い出した。

この人を煩《わずら》わせるすべてが嫌いだと思った。名前も顔も覚えていない人のことで、こんなに辛い思いをしているなんて、理不尽でやりきれない。

そうして同時に、ほんの少しうれしかったのだ。

この人がわたしの前で、一番弱い心をさらしてくれている。あさましいことにそれがうれしくてたまらなかった。

想う心は言葉にしなくては伝わらないと、自分でもよく言えたものだと思う。

家族だと言ったのに。自分でちゃんと線を引いたはずなのに。

星の輝くこんな夜に、気持ちがこぼれ落ちてしまわないように、ぎゅっと唇を結んで空を見上げるのだ。

4

餃子《ギョウザ》を包むコツは、欲張って具を詰めすぎないことだ。

つるりと丸い生地《きじ》にティースプーン一杯程度の具をのせて、指先に水をつけて、きゅ、きゅ、とふちを波打たせるようにして閉じていく。

具は三種類。キャベツとにら、ひき肉にスパイスをたっぷり混ぜ込んだものと、海老と貝柱の海鮮餃子である。

「……茜《あかね》ちゃん、器用だよね」

そう言う陽時《はるとき》の手元には、ぱつぱつに膨《ふく》らんだ塊《かたまり》が、破れた底から具をはみ出させながら鎮座していた。

「いっぱい作ってると慣れるよ」

すみれが隣で、さくさくと餃子を量産している。

茜もすみれも餃子作りは得意なのだ。父が好きだった——というより、不器用な父にかわって姉妹の仕事だったからである。

ふうんと、どこか納得いかなさそうに自分の作品を眺めていた陽時が、ちらりと隣に視線をやった。

そしてほっとしたようににやりと笑う。

「おまえも下手《へた》でよかったよ」

ふん、と青藍《せいらん》が肩をすくめた。

目の前の皿には、陽時と似たり寄ったりのいびつな餃子がごろごろと転がっている。

青藍と陽時は家事に、とくに料理に対する才能がない。青藍に至ってはあれだけ美しい絵を描くことができるのに、それ以外ではとんと不器用なのである。

その才を絵にぜんぶとられてしまっていて、あとがだいたいだめなのを思えば、人間というのはなかなか平等にできているのかもしれない。

だがそれも想定のうちである。

「大丈夫ですよ。焼き餃子にすると皮破れちゃうんで、せいろで蒸す予定です。肉団子《にくだんご》と思えばおいしそうですし」

「肉団子……」

どこか複雑そうな青藍だが、こんな調子でこの人たちに付き合っていてはいつまでたっても食事にありつけないのである。

包み終わった餃子はできの良い半分を、さらに焼き餃子とゆで餃子に分ける。皮が破れていたり肉団子に近いものは、適当に切った野菜とともに、大きなせいろに放り込んでしまった。鍋の上に重ねて蒸すのである。

やがて蒸し上がったそれを、青藍と陽時が手分けしてテーブルに運んでくれた。

竹で編まれたふたをそうっと開く。

もわりと上がった白い湯気の向こう——。

「わ」

すみれが目を丸くした。

アスパラガスにキャベツ、色鮮やかなパプリカやトマトや茄子《なす》、とうもろこしは旬《しゅん》のはしりの夏野菜だ。

瑞々《みずみず》しく電灯の光をはじくそれは、これから訪れる、何もかもがくっきりと鮮やかな季節を思わせる。

「ほら、青藍さんと陽時さんの、それなりに仕上がってますよ」

「それなり……」

青藍がじろりとこちらをねめつける。せいろで蒸し上げた餃子は、皮はすっかり破れてしまっているものの、シュウマイと言い張れば、なんとかなりそうなぐらいにはなっていた。

「餃子と思わなければいけると思います」

「……次に餃子やるときは、もっと上手に作る」

こういう変に負けず嫌いなところが、茜も最近かわいいと思うようになった。

ふ、とため息が聞こえた。テーブルにカトラリーを並べてくれていた陽時が、じっとこちらを見つめている。どこかさびしそうに見えた。

「陽時くん、どうしたの?」

餃子用のたれを片手に、すみれが問うた。

「うん……。いや……」

言いづらそうに、けれど陽時はやがてぽつりと口を開いた。

「みんなとこうしていられるのも、あと少しだろうなって思ったから——おれ、もうちょっとしたら、ここ出るかもしれない」

茜もすみれも、思わず手を止めた。

「この近くで、朝日《あさひ》ちゃんと住もうかと思ってて……」

しばらく前から物件を探しているのだという。

「青藍の仕事道具をそろえるのはおれの役目だから、もちろんここに顔も出すだろうし、そのときはおれも茜ちゃんのごはん、食べたいし、さびしいことないはずなんだけど」

でもここは、陽時の場所ではなくなる。

たとえば夜中にともに星を見上げることも、一番辛いときに帰ってくる場所も、もう、この月白邸《つきしろてい》ではない。

自分が心を寄せられる唯一《ゆいいつ》の場所を見つけて、陽時はここから旅立っていくのだ。

それはとてもうれしいことで。そうして少しさびしい。

「そうか」

青藍がほろりとこぼした。

言葉を探しているようだったが、やがて困ったようにまなじりを下げた。

「よかったな」

「……どうせしょっちゅう、来るよ。おまえがさびしくて泣いちゃうからな」

ふん、と青藍がよそを向いた。

旅立ちはさびしい。けれどそれは、大切な人の幸福を願うものだから。笑って送り出してあげたいと茜も思う。

「じゃあ、陽時さんと朝日さんが来る日には、めいっぱいのごちそうにしますね」

窓の外には静かな夜空が広がっている。

席について、手を合わせる。

みんなで一緒の「いただきます」も、もうきっと残り少ない。
一つひとつを大切にしながら、この場所から送り出していきたい。
そうして——。
茜はさびしさを懸命にこらえて、手を合わせる傍らの人を見やった。
かなうなら少しでも長くわたしは、この人のそばに寄り添っていたい。
言葉にできない心を、そうっと抱きしめて、窓から吹き込む風が頬をなでるに任せた。

主要な参考文献

『定本　和の色事典』内田広由紀（視覚デザイン研究所）二〇〇八年
『幕末・維新　彩色の京都』白幡洋三郎（京都新聞出版センター）二〇〇四年
『別冊太陽　日本のこころ229　小林清親　〝光線画〟に描かれた郷愁の東京』吉田洋子監修（平凡社）二〇一五年
『カラー版　浮世絵の歴史』小林忠監修（美術出版社）一九九八年
『カラー版　国芳』岩切友里子（岩波新書）二〇一四年

※この作品はフィクションです。実在の人物・団体・事件などにはいっさい関係ありません。

集英社オレンジ文庫をお買い上げいただき、ありがとうございます。
ご意見・ご感想をお待ちしております。

● あて先
〒101-8050　東京都千代田区一ツ橋2-5-10
集英社オレンジ文庫編集部 気付
相川　真先生

京都岡崎、月白さんとこ

茜さすきみと、「ただいま」の空

集英社
オレンジ文庫

2024年3月23日　第1刷発行

著　者　相川　真
発行者　今井孝昭
発行所　株式会社集英社
〒101-8050東京都千代田区一ツ橋2-5-10
電話【編集部】03-3230-6352
【読者係】03-3230-6080
【販売部】03-3230-6393（書店専用）
印刷所　図書印刷株式会社

ISBN 978-4-08-680547-6 C0193

集英社オレンジ文庫

樹島千草

月夜の探しもの

父を亡くして以来、母が夜勤で不在の夜は
不眠に悩む亘。幼い頃に父に読んで
もらった絵本に「眠りの呪文」が
あったことを思い出すが、手がかりが
全くない。だが、同級生の致留も
同じ絵本を探しているとわかって…?